汴京的故事

冯杰　著

作家出版社
全国百佳出版社

图书在版编目（CIP）数据

汴京的故事 / 冯杰著 . -- 北京：作家出版社，2025. 6. -- ISBN 978-7-5212-3360-5

Ⅰ. I267

中国国家版本馆 CIP 数据核字第 2025DG4249 号

汴京的故事

作　　者： 冯　杰

责任编辑： 向　萍

封面设计： 李　超

出版发行： 作家出版社有限公司

社　　址： 北京农展馆南里 10 号　　**邮　　编：** 100125

电话传真： 86-10-65067186（发行中心）

86-10-65004079（总编室）

E-mail:zuojia @ zuojia.net.cn

http://www.zuojiachubanshe.com

印　　刷： 河北星强印刷有限公司

成品尺寸： 145 × 220

字　　数： 150 千

印　　张： 15

版　　次： 2025 年 6 月第 1 版

印　　次： 2025 年 6 月第 1 次印刷

ISBN 978-7-5212-3360-5

定　　价： 69.80 元

提示

本书的读法

诸位看官，本书共三种读法：一、从前往后看，为渐入佳境之法；二、从后往前看，为杀猪捅屁股之法；三、从中间任意抽出一篇看，为横刀夺爱之法。

具体可看一页，看一段，看一句，看一词，看一问号，看一句号。境界再高是摸书不看只枯坐，一生长如一书。书里有狗吠鸡鸣猫头鹰叫灯光叫铁锅叫，市声鼎沸，读书并非人生唯一选项，其他还有剔牙咳嗽撒尿抹桌子，有打工挣钱养家买米，有购房凑款穷筹首付，有雨夜忧伤和雪中怀念，有寄托于手机抖音微信，有酒后吞吐一片狼藉也不愿收拾的故国山河。

意思是说，人生苦短千万不要等山东及时雨，要砸锅卖铁及时闲游逛荡。

话说在逛荡之间，汴京城门外有一匹白鼻子骆驼走来，它让人意外惊喜，刹那印象就是“文艺”。你会知道书里宋人把驴称为“卫”，诗人策卫而行是骑驴访友不是动乱策反；会知道城内外还有蓝驴、黄驴、红驴。《诗经》里十五国风之一“卫风”从北中原吹起，过河吹到龙亭，黄袍加身时也有“卫”的功劳。

汴京也好，开封也罢，还有所谓“东京”，在我心里都是一种“所在”，本书就是它的故事集，或可堪称指南，条目丰富，随手排来，良莠不齐。有靠谱的常识，有不靠谱的冷知识，全凭自己判定下赌，使用不当容易让人文迷心窍，在偌大汴京城误入藕花处、青楼处、折花处、向火处、拐弯处。

像那一年那一天那一时刻，我陡然见到你。老天爷啊，你咋也在这儿独自开放？

开卷

目录

衣 云想衣裳花想容

食 雅兴忽来诗下酒

住 独上西楼十二轩

行 柳暗花明又一村

玩 乱花渐欲迷人眼

乐 此曲只应天上有

结束

开卷

序

苏东坡醉后书

豫人后生求名心切，书生习气使然，托梦于我造序，以壮其虚，沽名钓誉。老夫观京城之郊冯杰作此卷，终不去拔刀砍柴手段，叙列诸事，以示其能。东京乃是非之地，其小子以笔畅游其间，夹杂闲情，东京事件内外皆在不经意细碎间，未能瞒住老夫法眼，欲作欣羡语也。

昔在黄州，烧猪头为立意趣，修诗文为立志向，实无奈之举。吾曾自评，吾文如万斛泉源，不择地皆可出，在平地滔滔汩汩，虽一日千里无难，及其与山石曲折，随物赋形，而不可知也。所可知者，常行于所当行，常止于不可不止。如是而已矣。冯文如京城街巷驱赶猪马牛羊，乱窜一气，一地鸡毛，想自有奇殊之义耳？终为雕虫小技，不足挂齿。

梦中知其小子费十年之功，成其六卷，自嘘可为张择端孟元老诸公助色，吾思之若非妙手，不敢对牛弹琴也。

展卷满纸虽多糟糠，然用笔意趣盎然，令人莞尔。

昔在儋州，夜坐甚饥，亦无外卖，友曾劝食白粥，云能推陈出新，利膈养胃。五更食粥，良有以也，粥既快美，粥后一觉，尤妙不可说。今夜豫人冯杰恰以宛丘粥诱惑，附书称陆游诗句“我得宛丘平易法，只将食粥致神仙”。其考“苏门四学士”之一张耒居宛丘造粥和胡辣汤，果然甘芳滑辣，使人快意而神清，方有从文破毫冲动。

又闻其壬寅初春前去郏县归地，为吾三鞠其躬，足见其诗心虔诚，吾颇喜之。又闻其冬日曾穿一裤腿时忽得佳句，急记后方穿另一裤腿，且不计其空中悬蛋，足见其文心荡漾，吾复喜之。

醉后作大草易而作小楷难，今吾竟于醉中以小楷成序文也，盖一碗白粥使然。老夫醒后掷笔，大呼上当。然文已就成，若赤壁夜游，意境不复再来，故权作提携后生之诱饵矣，以励其他投机取巧之人。

眉山苏轼

2022.5.1　冯杰代抄

注：欲知序言真伪，可直接参考后文《代跋：如何让苏东坡写序》以释怀。

自序

敲门情城，请勿怯城

一

我家和开封一河之隔，开封在黄河之南，我住黄河之北。

早年，我修屋造院订杂志订本子开始写诗，要做文学梦，却看到同学发合同做买卖当官受贿，发家致富，自己便期待能写诗挣钱。湘西沈从文曾是我的文学偶像，我独身背包朝圣过，大受启发，故开始“买马圈地”，伪造私家文学地理符号称“北中原”。每当我在开封街头逛荡，开口说话时，乡音弥漫，开封人听后，马上断定我为“河北人”——乃“大河之北人”的简称也。也算暗合。

多年后，中原学人鲁枢元先生在提携我的一篇评论里，用闲散文字回忆道：“我祖母的娘家在封丘北关杜庄，小时候总听到‘河北来客了’，并不是河北省来客人了，而是我的舅爷爷、姨姥姥们从黄河北边过来了。”

“河北”一词，属北中原地理语汇里的古称。

我命该在大河两岸逛荡。后来看谭其骧先生《中国历史地图集》，知宋代黄河地理并不是现在这样的布局。黄河鲤鱼游动方向随河流不时变化，鱼须触水，游着游着就迷路醉了，恍惚中要在历史深处拐弯。黄河边有赵匡胤黄袍加身篡位处，有人说在封丘，有人说在民权。黄袍加身无非就是披一件衣服找个冠冕堂皇的借口，事件纯属政客举手之劳，不须动枪弄炮，也不必楫舟过河，更不必现在订票，或高铁、高速或航空。

因相邻图个方便，我等“河北人”平时常到河之南开封城来购物、办事、旅次、访友、饮酒、约会、谈恋爱、买万金油……“河北人”进入开封的形式有五种：最早步行，后来骑车，再坐木船，后坐汽车，现有高铁直达。有些速度快得让人像打鸡血注吗啡，提神后兴奋。

有一种进入方式更独特。家族史上，开封和我家族关联密切，七十多年前，在谣言的裹挟里，姥爷携全家老小，推着一架独轮车，从河之北涉水至河之南避难，先在开封郊区搭窝棚，看风向，要饭，打杂，贩运烟丝、姜黄，含辛茹苦。晚年的姥爷在病床上，向我讲述这往事，每每说到动情之处，忽然双眼湿润。

半个世纪后，我又到开封做贩运买卖，只是贩运诗歌和意象，私印非法诗集，满足诗人虚荣之心。

尽管前后两项业务年代不同，但结果一样，干的都是赔本生意。

开封是记忆之城。上世纪九十年代的一个冬日，我和文化奇人小杰初次入开封，木梯声声，旧事梦幻。小杰说，上世纪曾陪父亲到过这里，那是父亲最远的一次寻亲之旅，自己后来猎奇，道听途说后，还孤身又来这里寻找宋朝的犹太人，要写一篇《犹太人在中国开封考究》的文章。从那天暮晚开始，一方阿拉伯魔毯在云朵上缓缓飞行，上面坐的都是神仙。

我在东大街曾遇到清真寺的艾阿訇。开封姓艾的姓石的，大部分是犹太人后裔。许多年后，那一方魔毯飞走消失，记得上面的花纹和图案，暗火隐现，我唏嘘不已。

二

一天早上，我去马道街喝豆腐丸子汤时，遇到本土学者苏布衣先生，现代人多拿手机而行，他老人家手里竟奇怪地持一把拂尘，说是赶蝇子。我对八十四岁的苏大爷说，日本首都有“东京”官称。苏布衣大爷说：屎嘞，俺开封才是正经东京嘞，人活得滋泥（见后文《新东京方言汇考》）。日本人会造电器，日本会造开封的花生糕吗？有大宋东京时，它日本东京还不知在哪个驴蛋子里缩着嘞。

他的本土学者口音让我的学术性顿时提高，往上推测，一千年前，东京人是否开口闭口都如苏大爷这样“嘞，嘞”带着口音？宋人行事简洁文雅，顶多“呵呵”，肯定不会用“驴蛋子”这类粗话。

我还见到一位开封房产商兼政协委员贾爱国，我俩在喝羊双肠汤。他喝完后，一边打嗝一边说，他在写《开封更名东京》提案，要把提案整大，让“东京”名字在联合国改过来，让日本人窝心一下。谁叫当年他们炮弹打龙亭台，他娘就是那年给砸死的。现在还和我们争钓鱼岛，争个屌嘞！

河南是人口大省，闲人多，有使命感者多，我老家老者抄手取暖时关注的都是联合国秘书长的分内事。我说：俺现在也是开封户口，到时也会签名凑数拱火助威。

眼前另一位“嘞大爷”问我：你不是去过日本吗？它东京街头有卖羊双肠汤的吗？

话题突然鲤鱼拐弯，有点陡，还含刁钻，我不知如何回答。

对日本饮食，我只知道“寿司”，但没吃过，这名字还是后来留学日本的白橙告诉我的。

三

话说2005年春天开封旅次，我下榻人民饭店，看到报栏《参考消息》转载《纽约时报》一篇文章，《从开封到纽约——辉煌如过眼烟云》：

> 今天的开封肮脏贫穷，连个省会也不是，地位无足轻重，所以连机场都没有。这种破落相更让我们看清楚了财富聚散的无常。11世纪的开封是宋朝的首都，人口超过100万，而当时伦敦

的人口只有15,000左右。

北京故宫博物院藏有一幅长达17英尺的古画，展示了古代开封的繁华：街道上行人如织，摩肩擦踵，驼队载着商品沿着丝绸之路云集而来，茶楼酒肆熙熙攘攘，生意兴隆。

这“writer”也算是个搅屎棍，说的是千年往事。由此联想，皇帝和龙亭和龙袍和驴子都是过眼烟云，何况我辈虫蚁?

那篇文章我只关注第二段里说的那一幅画——《清明上河图》。

四

对我而言，面对的是一座“情城”。我以字为砖，垒就“文城”，有义务来讲述、来制作一种类似“东京开封导游指南图”，专为天下那些闲逛荡之人营造。持有此图，全城畅通，能享鱼水之乐，乐此不疲。持图者在此吃住一年不成问题，风花雪月兼文化苦旅。

谁若“进京”必当首选本书，像喇嘛诵经配的那一面风马旗，像沙滩模特那一线“吊带裤”（即比基尼）。

不看此书者或将迷路，先从地理，后从心理，让你一生“怯城”。

2014.1　客于郑州

开篇

驴子一来，
时间从蹄下开始

小驴子一打喷嚏，白霜随之融化。

那五头驴子出现，撞开东京灰蓝色的早晨。大地明亮，闪开一道白色口子，便射来老天爷的光，不是上帝之光。五头驴子驮炭而来，为东京送去温暖的炉火。好炭的火苗呈蓝色，最高时可达三尺。

想起我们第一次到东京，你曾惊奇饭店一方温暖的炉火，围着烤手。你说，像一盆童话。

偌大东京城每年需要消耗成千上万吨煤炭，人民高筑火苗，才能对抗寒冷的冬天。更多人喜欢木炭对垒。喝酒需要炭火，填词需要炭火，剔牙需要炭火，没有炭火的诗句还像文学吗？毫无平仄可言，文字无温度可言。

温暖的炭火，让龙亭人写字时不至于停下哈手运气，能急速地表达出瘦金体的铁画银钩。在案头，温度和速度是成正比的。

白乐天说“心忧炭贱愿天寒”。受冷和单衣一直是穷人人生体验里的标配。现实中或心灵上，每个人都有属于自己的一个“冷点”：我从十八岁开始，在黄河北当一名乡村信贷员，平时挣钱谋生，业余也有想法，冬天临帖，砚台结冰，破毫伤字，字字冻伤，那些偏旁部首像都结着伤疤。我不时打喷嚏，搓手跺脚后再写，全是为出人头地、为家争光。我爸曾期望有朝一日我也能弄个人民公社书记干干，不受他人白眼。

小驴子不打喷嚏，是怕主人说感冒。它闷头走路，一柴一炭，全然不知自己对一座城市的巨大贡献。蹄声嗒嗒嗒嗒，驴腿左右摇晃。在它们中间悄悄传递着城市流传的消息，其中一条驴语散布：

诸驴留意，和我们同时进城的还有其他三十五头驴子，它们从曹门入市。

八方风雨会中州，四十头驴闯东京，一百六十条驴腿踏霜行，每一头驴都有属于自己的“东京梦”。有诗为证：“千里之行，始于驴蹄”。欲知驴事，且听分解。

2014.11.2　郑州吃驴肉火烧后

附篇

驮炭驮醋的小行者

我二大爷是乡村一位通人。一身好手艺，造过酒、淋过醋、碾过五香粉、卖过十三香、酿过酱油。他说，走南闯北，穿东贯西，河南大地物品繁杂，若是调味，以黄河北留香寨的红薯醋最有名，香酸百家，味飘十里。

二大爷的风物论里掺杂亲情，也沾染一点自夸。

二大爷的话题往往在不经意间说得繁花似锦，像一把折扇徐徐展开，碎屑纷纷。他称赞我姥爷：至今四明叔家还是酿醋古法传人，光照千秋。

多亏了二大爷不写《史记》。

从我记事起，家里就一直吃姥姥做的红薯醋，还供应着邻里乡亲。酸到骨子里，外醋莫入。

二大爷喜欢抬杠，我和他说《清明上河图》的故事，他说：那驴队是河北来的，当年你姥爷都到开封运过醋。你应该把醋加里面，画里那些驴背上驮的都是醋不是炭。

问题是炭为固体，醋为液体。有立体的醋吗?

他说，醋可罐装。

家醋虽好，学术为上。我坚持驴子驮的是炭不是醋。不能像诗人裴苏子曾说我的那样：为了一小碟醋，才去包大饺子。

想起二十多年前，在东京街头吃黄家灌汤包时，白橙对我说过一个神句子，形容男女之间的交往和感情，她说：吃醋是好兆头。

二大爷一直觉得“驮醋之说”成立，他有想法。我写了两个版本：一个是我坚持的定稿，学术版本。另一个是后来让二大爷看的初稿版本，它真实还原了当年留香寨往东京运醋的情景。

初稿文字调整如下：

晨曦初露，郊外乡道之上，一支负重的驴队，正缓缓迎面走来。一时，醋的气息弥漫，驴蹄声敲打出来酸意，驴喷嚏也泛酸意。驴队在一条酸路上启程。赶驴队者是谁？是爷孙俩，一前一后，前面一外甥（河南一带对外孙的称法），后面一姥爷。

2015.2.2　有感补记

衣

云想衣裳花想容

诗人和斗笠

——关于"诗装论"

人靠衣裳马靠鞍。穿戴是给人的第一印象，形式感最重要，艺术全在于形式，好诗一定是分行的，做诗人的第一要务是会打"回车键"。这是我的诗论。

《清明上河图》里一共有三位诗人。

第一位诗人在马上。

骑马那位是外省诗人晁无咎，晁是兼写当代城市服装题材的诗人，从广济渠坐船，自山东来到东京，第一次下榻孙羊店，夜里睡不着觉，看窗外灯火璀璨，重写过去的句子"越罗作衫乌纱帻，长安青云少年客"。第二天，饭店孙总管看到，他让晁无咎为孙羊店在招牌上写这两句，说，可经济搭台文化唱戏，若"长安"二字换成"东京"，作者可持卡一辈子免费吃住，孙羊店一切消费全包。

晁诗人拒绝，说，店可以不睡，字却不能改。

孙总管想，和上次一样，咋又碰到一个死心眼的读书人？

晁无咎戴的斗笠上面有一层马尾编的纱网，近两年东京最流行，连苏东坡都戴过。晁诗人骨子里想学陶五柳，一直没机会。今天终于来啦。许多年后，他回忆时叹息，可惜选错了时间和地方。

第二位诗人在船上。

他是苦旅行吟诗人陈雨门，从南阳白河来。他在船上游走，到夜半也不瞌睡。褪黑素没吃。子夜时分想了上句“冷霜结伴独登桥”，下句想不起来，瞌睡了。苇棚外挂的斗笠不再摇晃，蓑衣听着涛声也瞌睡了。汴河上游是一片月光，恍如天上另一条白河。

第三位诗人淹没在闹市人流中。

他是赵青勃，戴着斗笠从河北来到河南。他坐在凳子上，伫在桥头；他立在烧饼店，倚在木匠铺。他坚持的是诗人的鱼水理论：深入生活扎根人民，他崇拜白乐天，他习惯在熙熙攘攘的人群里边推敲句子。

在东京，每个诗人都和斗笠有关系。杨万里说过，无笠不诗。

我总结过《宋人笔记》，梳理过来孙羊店住过的诗人名单，里面数诗人章世轩脾气最不好，少年得志，每写出个好句子都要题壁张扬展示一下。来住店的诗人用一种独特的形式，把一行好句写在竹板上，缠上铁丝，拉紧，拧紧，镶嵌在墙上，最后在诗句上挂一面斗笠遮盖。孙羊店总管总结过，说，查马只管数缰绳，好诗只管查斗笠。到年底，孙总管让会计匡算一下，用加法，看四壁挂了多少斗笠。

年底，宣和院召开一次文化总结会议，蔡京说，一个城市不能没有诗人，东京也不能诗人过多，诗人过多对国家不利，尤其在国都，诗句会出幺蛾子。番邦朝贡仪式上，能有几个代表时代风貌的诗人应一下景足矣，适可而止。

蔡京停顿一下，又说，大家听听，这句诗是谁写的——“诗人在马上行走，河流在斗笠中呐喊。”是啥意思？穿越啊，斗笠会喊叫吗？要严查一下京城里那些自由走动的斗笠，象征什么？

2015.5.26

三 款

俗话说：人不可貌相，海水不可斗量。

——作者引记

>>> 他的衣 <<<

衫为宋代男子常见的上衣款式，色白的衫叫白衫，深紫料的衫叫紫衫。外穿宽大的衫叫凉衫，内着的叫汗衫。质料很考究，多用绸、纱。颜色多为白、青、皂、杏黄、茶褐色，有交领和颌领。

也有女人披凉衫的，宋学学会会长庞作道那天打开《清明上河图》，开始为我解说，庞会长看过沈从文先生的《中国古代服饰研究》，因此对服装研究也颇有心得，指着画面开始的一丛柳林说，那一位头戴帷帽乘驴的女子就是披着凉衫。

欧阳修爱情名句“不见去年人，泪湿春衫袖”，写的就是这一种青衫。诗人比小说家更要有常识，杨诚斋评价：诗不患于奇思，而多患于无识。我很赞同杨老的“诗识说”。不只见识还有常识。譬如白衣袖被泪水打湿，因颜色关系，很快同化，给人印象不会深刻，不好化诗入境。纯黑的衣衫上落泪最容易起变化，泪含氯化钠，会起一层云纹，属于返盐现象，留香寨村里有“尿陀螺”一说，意境不美。诗人创作必须使用青衫配方，故宋朝诗人的泪珠多是落到青衫上。诗境大于诗意。

宋人平时出场交游必戴头巾，近似我平时出门参加活动时，一定要戴崔天财送我的那一顶导演帽。

宋明汉人皆戴巾出场，明人回忆录里上溯宋人道：西门庆巴不到这一日，裹了顶新头巾，穿了一套整整齐齐衣服，带了三五两碎银子，径投这紫石街来。

可见，裹头巾青年人都是有备而来。

有一天，我见到崔天财总裁，他穿着在拍卖会上的一件夹克而来。夹克是范思哲的，是真牛皮不是市面上的假牛皮，影星周润发穿过。崔天财最崇拜周润发，牛皮夹克是在哈尔滨一次慈善活动会上以八十万高价拍下的，崔总裁以后经常穿着周明星夹克游走，芒种那天大热天见我，穿的就是这一件周派夹克。

崔总裁对我说：主要是为了开发服装产业。博鳌论坛上开发过唐装样式，公司马上要开发两款宋装，一款“西门西装”，一款女式“金莲内衣”，属于“文创产品”，别处买不到，专供东京全市旅游点，最后问我：你觉得市场前景如何？

我看他表情严肃，不像拿我开涮。

崔总说：你是作家，也把握时机建议一下，抓住时代商机。做宋朝服装样式，要有时代性，千万别弄个“白脖儿”。上次老子文个身还让你在澡堂里看到，嘲弄俺，写成文章。你们这些知识分子，千百年来一辈子总犯一个通病，口患，心是好的，啄木鸟下锅——全吃了嘴上亏。

老崔不是文人，却有文化。文化和文人是两回事，就像知书达理者不一定是官员。心里想的是一回事，到嘴上却说成另一回事。

上年纪的开封人，像我等五十岁以上的老家伙不喜欢买衣，一件衣服节省凑合能穿十年，购物最多的是年轻人，出于享受心态。我家二姑娘说：爸，尽兴买衣服是人生一大享受，只有花钱才有成就感，看我，都有上百条裙子。

我说：那得有一个钱串子爹撑着，我不中啦，你得认老崔当干爹。

前天我路过龙亭御街，见一现代青皮后生骑摩托驶过，T 恤衫后印俩字“无聊”。后面坐一长发女子，T 恤衫上是仨字“别理我”。

车从身边呼啸而过，恍惚之间，那孩子我咋恁面熟？

>>> 她的衣 <<<

天下服装大师的作品，多是为女人所设计。

宋朝衣类最丰富的是“她的衣”。

那女子在酒肆斟酒，腰系青花布围巾，绾危髻；

那女子戴藤条编成一圈的丝网帷帽，插禁苑瑶花；

那女子戴盖头，着紫褙子，对襟直领、两腋开衩、下长至足；

那女子戴冠子，黄包髻，着褙子或系裙，手拿扇子。

那女子在蒸馒头，热气腾腾。除贴身“抹胸”外，还有件“腹围”。腹围是一种围腰，围腹帛巾颜色以黄为贵，时称“腰上黄”。

那女子手持黄颜色手机，让我神情恍惚。是那种佛教黄。

世上衣服因世间女人而生色。不仅保暖，不仅在宋朝，不仅在当代，不仅在未来。

旗袍会长马晓晴每次卖旗袍，展示辽阔山河，会先问我：哥，好看吗？你是诗人，你说好看我就领导全市旗袍风向了。

>>> 它的衣 <<<

宠物之饰，猫衣犬装，各有所好。留待嗣后，百货百客，继续所好。

2020.4.21

金内衣和庆头巾

——开发者的机会主义和时尚

我平时爱犯职业毛病，夸夸其谈，言多必失。多吃了嘴上的亏，为人留下很多把柄。

文人多如此，当年苏东坡就是一个标准典型。

我喜欢为周围有识之士卖弄，纸上谈兵，鼓动北中原企业家牢记使命和初心，大胆探索开拓。譬如说过诸位可以开发潘金莲玫瑰酒、果子露、润唇膏，可开发鲁智深70度以上的高度酒头对抗流行的酱香茅台，可开发杨志祖传纯钢家庭菜刀替代德国刀，开发孙二娘羊肉包子、荆芥素包、荷叶糖包、灌汤肉包……

产品开发要像作家写流行书，市场上需要一种变相猎奇和速度。

听我布道者都是腰缠万贯的聪明人士，纷纷顿悟。最成功的是崔天财，在车站广场开了一家“上一当”餐店，利用猎奇心理，反其意而用之。“上一当”声名鹊起之后，众人猎奇探秘，老客人固定，回头客渐多。

有一天，有人吃后开骂：果然，他妈的上了一当。名副其实。

第二年，流行标题主义，他趁热开发“孙二娘包子”。换个高难度探险的名称，实际是借势郑州“祝收包子公司”连锁店，凭借“祝收包子”声誉在全市流行，接管包子店衍生的一家分店。狗不理包子走的是高端路线，猪肉馅的一个十二元，三鲜馅的一个三十元，最后把店都吃死。“孙二娘包子”走平民路线，人吃人爱，两年里赚得盆满钵溢。他说饮食要跟随走向，有饮食路线。羊肉包子在宋代叫“羊肉荷包”，在宋代开发猪肉包子就属于不识时务。

崔总说，一个时代有一个时代的包子。

一般食客吃“孙二娘包子”纯粹是名字猎奇。那天大家吃着吃着，有人夸张地说：哎呀，我吃出来一片指甲，还是红指甲！

“孙二娘包子店”里的配馅是“人造肉”，所谓“人造肉”是刘九州在高平集小作坊里生产的豆制食品。他除了缺一张正式执照，其他都合乎标准，比正式厂家的肉馅还达标。起码案板上没有苍蝇。

崔天财事业不断更新，今年又注册一家“国际天财文化创意公司”。

平时老崔习惯约我泡澡，我俩“无泡不说”。他说南关“贵妃池”今日是玫瑰汤，可祛烦躁。泡澡时，我问崔总近段创业状况。他说：央视黄金频道正热播电视剧《水浒传》，趁着全国观众的热劲儿，打造出一种“金莲内衣”。除了开发“金内衣”“金围胸”，又增加了“庆头巾”。或许可以作为开封旅游点定点产品，在“清明上河公园”里长期销售。

他说，要在一年的时间里创造条件上市，逐步打造出一个享有国际声誉的民族时装名牌，自己要当中国的范思哲。他还说，我陪他洗澡这么多年，到时也不会亏待我，会专门给打造一款“作家帽”，形式独一无二，颜色是时尚灰，专门供我开会时戴。

老崔幽默，说：发言时，这帽子能过滤大家听不懂的文学理论。你最好大讲如何从“范思哲”到“范哲思”到“崔哲思”，进而形成“哲思文化”。

我才想起，世上的“范思哲”，不是开封范村的，不是滑县范寨的，也不是辉县范屯的，而是隔山隔海的意大利的。人已驾鹤多年，衣服还在，品牌还流行，艺术还长存。

2020.2

裁缝小传

东京没有成衣铺，但有裁缝，衣服多是买好布匹请裁缝定做。京城之外也没有专业成衣店，得定做。

那年史进在史家庄乡村养志，为表达心意，“次日，叫庄客寻个裁缝，自去县里买了三匹红锦，裁成三领锦袄子”。史进想给少华山三个强盗定制三件衣服。本庄没有，要专门跑到少华县里的裁缝店。

在裁缝店里，王复春盘问过大汗淋漓的史家庄庄客王四。

王复春就是从少华县里出来的裁缝，当年鉴于京城需要裁缝店，便决定来东京发展，后来竟成为这里最好的裁缝。县里一房，不如东京一床。他先投靠赵员外，两年后，开一家“王家罗锦匹帛铺”。后来出资赞助画家，让张择端添上了商业地理位置。

他做的衣服剪月裁云，可身得体。请他定做衣服都得提前半年预约。据天马行空、无所不知的“冯大师”说，苏轼、王安石、蔡京、黄庭坚、王巩这些党政要员的衣服他都做过。后来在晁补之的动员下，他还曾口述在东京的做衣经历，被晁补之记下来，编了一本《裁云过眼录》。

宋人做衣服讲究，还要选日子适合否。

王婆道：“娘子家里有日历么？借与老身看一看，要选个裁衣日。”

那妇人道：“干娘裁甚么衣裳？”

王婆道：“便是老身十病九痛，怕有些山高水低，头先要制办些送终衣服，难得近处一个财主见老身这般说，布施与我一套衣料，绫绸绢缎，又与若干好绵，放在家里一年有余，不能勾做。今年觉道身体好生不济，又撞着如今闰月，趁这两日要做，又被那裁缝勒措，只推生活忙，不肯来做。老身说不得这等苦。”

妇人听了笑道：“只怕奴家做得不中干娘意，若不嫌时，奴出手与干娘做，如何？”

那婆子听了这话，堆下笑来，说道：“若得娘子贵手做时，老身便死来也得好去处。久闻娘子一手好针线，只是不敢来相央。”

那妇人道：“这个何妨碍。既是许了干娘，务要与干娘做了。将历头叫人拣个黄道好日，便与你动手。”

王婆道:“若得娘子肯与老身做时，娘子是一点福星，何用选日？老身前日也央人看来，说明日是个黄道好日。老身只道裁衣不用黄道日了，不记他。”

那妇人道:“归寿衣正要黄道日好，何用别选日？”

王婆道:“既是娘子肯作成老身时，大胆只是明日，起动娘子到寒家则个。”

那天早晨，也是个黄道吉日，“王家罗锦匹帛铺”长凳上坐着一位顾客，相貌不凡，凭王复春多年经验，知道是个官人。

那人要定做两件春冬服装。

王复春不紧不慢，量好腰围，记下后，问客人：客官在衙府任职多少年？

那人心里一紧，暗自嘀咕道：这裁缝做个衣服管那么多鸟闲事？

王复春神会，解释说：我是想把衣服做好。当今京城有个规律，年轻官员刚就职，春风得意，平时多是抬头挺胸，裁衣服就要前长后短。当了两年官差，意气逐渐少平，知道收敛一些，衣服应该前后长短一样。若是当官年久了马上要致仕，或新旧两党上下隔阂失意，抑郁不振，走路难免弯腰低头，做的衣服就要前短后长。所以小的问官人做官多久，是想给你做一件称心如意的衣服，好游刃有余。

惊得那人张着嘴，他没想到，做个衣服并不简单，裁衣人竟有那么多想法。这人不该当裁缝，应该入宫当参事。

那人犹豫一下，说：我先做个内衣吧，成衣明天再来。

那人走后，一去不回。王复春到死也没见过。

2022.6.6

补记：

宋以前把裁缝叫“缝衣匠”“成衣匠”“缝人”“缝子”“缝工”“成衣人”等。当今世界，流行称呼是“国际服装大师”。

我对“裁缝”一词很是亲切，我母亲是一位乡村裁缝。我爸工资不够养活全家，母亲靠温暖的手艺，修补生活的补丁，用于养家糊口，柴米油盐都是手下剪出的。供我上学、吃饭、交学费，还用于我打架后赔人医疗费。

母亲说，裁缝靠一把剪刀、一条尺。有个手艺优势，再穷也会拼搭出一块碎布，不至于自家孩子衣不遮体。

童年、少年，我穿着母亲做的衣服，行走在路上。母亲做的衣服不长不短，尺寸恰好。这是我多年保持的衣服姿势。母亲也是用衣服无意里暗示我不亢不卑。

我读到阿德勒那句话：幸运的人用童年治愈一生，不幸的人用一生治愈童年。这时，母亲已经去世许多年了。

2022.6.7

食

雅兴忽来诗下酒

七头猪

那一段柳丛遮掩着几头猪？细数共七头，是成年猪不是“壳郎猪”，更不是猪娃。

猪后柳树俗名叫“簸箕柳”，生长在黄河两岸盐碱沙地。不成大材，枝条用于编笆斗、簸箩、篮子等生活用具。清明时节，猪偶尔啃一口嫩柳叶子（季节一过会发苦）。柳叶泡茶叫簸箕柳茶。

一千年后，崔总就此开发了一种新茶叶。

依柳树空间之大，我推断柳丛遮掩的猪不止七头，说后面十头八头都成立。这是张择端含蓄之处。

猪肉在汉朝最贵，到宋朝便宜。我查过宋代物品资料，宋朝一匹马能换五十头猪。吃猪肉比吃马肉划算，宋朝官方很少吃猪肉。

庞会长给我讲一则宋朝故事：一位京城居民通过敲鼓上访的方式，向皇帝控诉自己家弄丢了一头母猪，宋太宗知道不是京城人民申冤，仅仅只是一人为了一头猪，放心了，亲自下令，赐给他千钱作为补偿。既照顾了人民，又在形式上表达了对猪的尊重。

正因为猪肉贱，苏东坡才开发猪肉，用以对抗羊肉。只有诗人有勇气去抵抗羊肉膻气。他在黄州写下《猪肉颂》：

> 净洗铛，少著水，柴头罨烟焰不起。待他自熟莫催他，火候足时他自美。黄州好猪肉，价贱如泥土。贵者不肯吃，贫者不解煮，早晨起来打两碗，饱得自家君莫管。

猪肉便宜，富家不屑吃。苏东坡一直鼓励穷人吃猪肉。

施耐庵是一位后来的有心人。七头猪在《清明上河图》里的柳丛穿梭时，被他一一拿下，送到西京关西肉店，让郑屠户杀掉，肥的熬油，瘦的做了臊子。并记录为以下文字：

> 这郑屠整整的自切了半个时辰，用荷叶包了道："提辖，叫人送去？"鲁达道："送甚么！且住，再要十斤都是肥的，不要见些精的在上面，也要切做臊子。"郑屠道："却才精的，怕府里要裹馄饨，肥的臊子何用？"鲁达睁着眼道："相公钧旨分付洒家，谁敢问他？"郑屠道："是合用的东西，小人切便了。"又选了十斤实膘的肥

肉，也细细的切做臊子，把荷叶包了。

猪肉在《水浒传》里首次出场。

《水浒传》里有十斤猪肉，同时代高丽人著有《老乞大》，网间搜得的一组对话里只有一斤猪肉：

客人甲：我五个人。打著三斤面的饼著。我自买下饭去。

店家：你买下饭去时。这间壁肉案上买猪肉去。是今日杀的好猪肉。

客人甲：多少一斤？

店家：二十个钱一斤。

客人甲：你主人家就与我买去。买一斤肉著。休要十分肥的。带肋条的肉买著。大片儿切著。炒将来著。

听听，两者都是宋人腔调。我对比一下，猪肉的肥瘦切法迎合不同人士，味道最后都一样。

到了当代，北中原某局长吴名堂对猪肉态度“落差”很大，他属狗，却喜欢猪，业余爱好摄影，兼摄影家协会名誉主席。若论亲戚，吴主席是我本家表嫂娘家的表哥，为称谓简约，我压缩为“嫂表哥”。嫂表哥另有一奇葩爱好，属爱好中的爱好，就是业余喜欢杀猪，他兴致一来，会放下照相机掂起一把杀猪刀……下属投其所好，每次他要检查工作时都提前安排好，捆好一腔肥猪，准备一把捅刀、一对胶鞋、一副手套，热水备齐，待其酝酿情趣，供其小试身手。

据民间统计，8年里，吴局长累计杀猪258头、羊10腔、驴1头、牛3头，曲线图显示数量逐年递增。同期获省级摄影奖25次。相当于平均杀10头猪获1次奖。

吴局长本来和张择端无关，可以说风马牛不相及，两者根本扯不上话，杀猪杀猪，因为猪便扯上了。他策划的一个摄影版《清明上河图》，神形兼备，风马牛相及。但因为内容出彩，形式贵新，一下子和全县其他摄影家拉开了艺术距离。一年后，加入中国摄协。

后面有一专文，详略得当，记录那场大主体非虚构纪实“开封新演义”。东京曾经专有一条街，叫“杀猪巷”。

2015.12.7

附：

宋朝猪肉价格

铜钱基本单位为“文”和“贯”：1 两黄金＝ 10 两白银，1 两白银＝ 10 钱，1 钱＝ 100 文，1 吊钱＝ 1000 文，1 贯钱＝ 1000 文。一贯钱和一吊钱相同。

宋朝猪肉 100 文左右一斤。查资料，宋代宰相的月薪 300 两白银，相当于现在月工资 30 万元，能换 3000 斤猪肉。县令月薪 15 两白银，相当于现在月工资 1.5 万元，能换 150 斤猪肉。

苏轼喜开玩笑。朋友顾子敦天生肥胖，像满脸横肉的屠夫。有一天，顾趴在桌上午睡，苏轼在桌上写“顾屠肉案”。同行大笑，他又扔了三十钱在桌上。啪嗒一声，顾被吓醒了，苏东坡对他说：且快片批四两来。说的是猪肉。

看来在苏东坡这时候，30 钱能买 4 两肉。在宋朝，1 斤等于 16 两，意味着当时 1 斤猪肉大概 120 文钱。

2020.5

那个唱菜的“响堂”

——入店前就食必知

唱菜，作为一种技巧，一直在饭店里相传。东京大小饭店将菜单写于木板后挂在墙上，食客不习惯使用菜谱点菜。多是靠“喊”，行话叫“响堂”。

最有名的“响堂”是樊楼食店的店小二赵轱辘。

樊楼食客来临，刚迈门槛，赵轱辘必前去问询，客人随口把要吃的菜名报出，赵轱辘心里有数，转过身后，要一路一道一道高声吆喝出来。一来核实清楚，二来菜单快速传达到后厨，腾出操作时间便于厨子们下菜，三是营造热腾腾的气氛。一千年后，这吆喝声被庞会长上升为“豫菜企业文化”元素。

吆喝是宋朝大小街道里一种主要的宣传手段，宋徽宗和武大郎都喜欢吆喝。前者靠检阅禁军，唱喏；后者日常推销炊饼。开封人现在还爱说一句：赔本赚吆喝。后现代明星影视宣传潜移默化受宋代店小二影响甚大。

唱菜须高低起伏，有韵律，唱出来菜单接近填词，仄仄平平，平平仄仄。东京饭店此起彼伏的唱菜声音甚多，一到吃饭时，声音交叉在东京天空。民间文艺直接推动主流文坛上宋词的发展，逐渐成为一种主旋律。

譬如苏轼的《端午帖子词》：

翠筒初裹楝，芗黍复缠菰。
水殿开冰鉴，琼浆冻玉壶。

里面交代菜系、内容、环境、宋代空调设备。唱菜的店小二唱出来的效果，比写的文字生动。不比不知道，一比才显示文学的魅力。

喊菜“响堂”职业的月薪比厨子高。

店小二赵轱辘边走边唱：细馅大包子三个、笑靥儿两个、金银炙焦牡丹饼两张、杂色煎花馒头、荷叶饼、芙蓉饼、梅花饼两个、开炉饼、子母龟、子母仙桃、圆欢喜、骆驼蹄、糖蜜果食、果食将军、肉丝糕、水晶包儿、虾鱼包儿、江鱼包儿、蟹肉包儿、鹅鸭包儿、鹅眉夹儿、细馅夹儿、笋肉夹儿、油炸夹儿、金铤夹儿、甘露饼、太学馒头两个、肉酸馅、千层儿、炊饼、鹅弹三盘。

“响堂”如自带音箱。

好声音飘浮在宋朝的屋檐下。是诚实的声音。

在宋朝屋檐下，面对“响堂”，一个人坐在那里，即使不吃不喝，单听声音，也是一种享受。

许多宋代致仕官员，退休前因工作关系染上听唱菜的习惯，没事就来酒店坐坐，听店小二唱菜，不知不觉像吸烟上瘾，他们回忆旧事，恍如旧梦，不得不说。

到明时文人才开始学习抽烟，二大爷看到此处说，宋人为何不能提前抽上两口？

在东京文坛，面对创作和生活两者的关系，王安石是光记不听兼吃，赵守敬光听不记不吃，孟元老又吃又听又记。这也是我比较喜欢孟先生的主要原因。

南迁知识分子流亡的日子里，孟元老应“武林书局”范紫阳社长之邀签约，先收取订金若干，为期一年，在杭州秋涛斋里撰写回忆录《东京梦华录》十卷。

孟元老也是开封人，和我都在学后街住过，只是中间隔了千年。对孟元老，我怀有一丝温馨。有年初夏我在灵隐寺旁中国作协疗养院休养时，在西湖边漫步遐想。乡党孟元老在那里开始回忆东京卤猪头肉，回忆炸鲤鱼。回忆接近睡个回笼觉，他恍如听到“食店部”里店小二唱菜之声。他回忆那一次和苏学士喝酒，喝得畅快，“行菜得之，近局次之，从头念唱，报于局内”。他想到苏学士在一边用手打着拍子，自己拊掌应和，情景历历如在眼前。唱声里的巾子，灯光里的袖子，绣花鞋下的瓜子。

孟元老也看过《清明上河图》，整整看了三天。他有个不可告人的秘密，立志要写一部注释《清明上河图》的书。

落花无言，人淡如菊。西湖畔桂花的飘落声让他骤然陌生，忽生伤感。故国旧人往事，唏嘘不已，桂香迷蒙，不可捉摸。桂花铺满一层，唱声随着又铺满一层，桂花铺得再厚，终究压不住他文字里迸溅的唱菜声，在那香气里断断续续。

听到店小二喊道：“扒羊肚儿……爆腰片儿……一只小鸡剁八瓣儿……”

2014.10.25

猪下水·《诗品》·楹联

——东京食品卫生调查

东京猪杂碎分得规范细致。据孟元老“遗稿”《关于对东京夜市消费调查报告》记载，“猪肉”主要不是肉，厨子们案头每天大量使用的是猪杂碎。

在北中原，乡村猪下水略有不同，村里规矩是：猪下水多给杀猪人作为酬劳。据我村扁一刀的“杀猪简史”记载，他早年曾一把“砌刀”行全村，所得酬劳也多是一副猪下水。

若严格区分，猪心、猪肝、猪肺、猪脾、猪腰子为“上水”，不需要清洗，可直接下锅。猪头、猪蹄、猪肚、猪肠为“下水”，这些需要清洗加工方可下锅。我听后，觉得在全国屠夫中还数河南屠夫细致，我正在写一篇名为《关于开封诗人李白凤诗评》的文学评论，在里面把“上水”“下水”比作河南人钟嵘《诗品》里的上品、下品。

猪尾巴尚无法归类，近似书后面的跋，却是一味中药。姥爷用它治过我流口水。

首届《清明上河图》国际学术研讨会间隙，我路过马道街一家专卖猪杂碎的小店，杂碎店匾名叫“生活汇”，开封每一面招牌都起得很有内涵。一问，果然是厨师之乡长垣人开设，店门两边的对子，端的是好：

八戒洗澡，猪下水。

如来翻山，佛跳墙。

楹联写得雅俗皆有，活泼皮实，高低错落，上下说的都是菜，一凉一热，一惊一乍。我说即使不吃猪头肉，能看到这一对子就值，问是谁写的。

服务员穿着宋服，说：领导来啦？李总说当年李东阳吃过祖上大爷煮过的卤猪肉专门写的，现在值钱得很。李东阳我也不知道是谁。

这孩子背诵得很熟练，一腔现代口气。现代开店者都喜欢用加法，垒砌历史高度，每一道菜都有典故，都恨不得让乾隆出场下厨。

我尤其喜欢猪头肉、猪大肠，一边蘸着蒜汁吃，一边谈论文化。己亥晚秋，我和京城专门研究世界味道的孙美茹学者，在故宫看完苏东坡书法展，在北海馆子对坐，同吃北京卤煮大肠。不管看苏东坡书法展，还是吃卤煮、喝豆汁，都属文化自信。

我回到中原后，在一次文学宴上，见到从开封走出的学者鲁枢元。在苏州大学游学的他此次回来省亲，说：就像苏州出陆文夫，北京出老舍，开封其实最应该出一位汪曾祺式的人物，写透开封，恰恰没有出来，有点可惜。鲁先生又接着说：我最喜欢开封的那种剥皮炒花生米，走过很多地方，别处都炒不出那个味。

他说的肯定不是花生。

我若受启发，发一声喊，吩咐现代店小二：小先生，给鲁老师再上一大盘儿花生米！

2020.5

东京人擅长吃羊肉

全羊法有七十二种，可吃者，不过十八九种而已。此屠龙之技，家厨难学。一盘一碗虽全是羊肉，而味各不同才好。

——袁枚

>>> 1 <<<

一座 150 万人口的东京城，从君臣到人民，人人喜欢吃羊肉。

不喜欢吃羊肉的人也有，是几个专攻婉约派的文人，包括周邦彦、晏几道、李清照、朱淑真，他们对外解释说，专业上是保持“清口”，想保持句子清洁，上阕和下阕之间不散发羊肉膻气为佳。

词境和气息最重要。对婉约派而言，膻气不宜过大，它与句子里面的梅花香味相对抗，必将彼此消长。没想到文人挑剔到如此状态。

>>> 2 <<<

东京人多不喜欢猪肉，认为那是穷人食物，有藐视猪肉的观念。正是这种缘由，才有后来苏东坡“黄州猪肉诗”的反讽事件，一颗猪头执在诗人手里，上下反复，化俗为雅，达到指猪为羊的目的。

几种肉类里，羊肉是宋代宫廷食材里的至尊。皇家规定“御厨止用羊肉”，原则上“不登豨肉”。宋太祖当年宴请吴越国君主钱俶的第一道菜是“旋鲊”，即用羊肉制成。为了反对滥用羊肉，宋仁宗禁止半夜饥饿时宫廷为其进贡上“烧羊”。

“大宋羊肉地理坐标图”上，哪里羊肉最好？首推陕西冯翊出产的羊肉，时称“膏嫩第一”。宋真宗时“御厨岁费羊数万口”，全年订的都是陕西货。

有年侄子冯振华带我去陕北挖掘延川苹果历史。路上招牌不断闪现“水盆羊肉”“三秦羊肉”“老陕羊肉”等，我一直想着羊肉，便在一家“冯翊羊肉”门店前停住，一行下车大吃一顿。车上共四人，两男两女吃得口滑，共吃熟羊肉八斤六两，人均二斤有余，肚子还不发撑。老板是大荔人，闲聊中知道我还能理解“冯翊”，就另外多切了一刀羊肚。知识改变命运，我觉得这就是文化的力量。

吃了“冯翊羊肉”，一路轮换驾驶，我先一气开车二百公里，四轮奔腾，仙飘一路。侄子说：叔，你这速度像李自成从陕西打进北京城，贼快。

大顺军进京为了吃羊肉，多尔衮携带草气、携带膻气入山海关也是为了吃羊肉……漫漫历史长河里，各色人等在羊肉面前都不过是一众食客。

>>> 3 <<<

宋代宫廷里，吃羊肉是一种时尚，朝廷每年从“河北榷场买契丹羊数万”。

宋神宗御厨账记录一年中使用羊的具体数字，“羊肉四十三万四千四百六十三斤四两，常支羊羔儿一十九口，猪肉四千一百三十一斤”，羊肉为主，猪肉为配菜。猪肉只是羊肉的零头，猪尾巴小于羊尾巴。我当过北中原乡村信贷员，知道数字最有说服力。

东京的羊肉消费量大，一直居肉食类消费首位。由于城市管理制度完善，东京大街白天没有一只羊走动，它们夜间才出动，东京夜市摊位出售的都是纯粹羊肉，极少有猪肉、狗肉、马肉，更无传说中用当今机器挤压鸭肉制成肉卷来冒充的羊肉。

东京各种羊肉羊杂肴馔纷纷出场，早市出售有煎白肠、糕、粥、血脏羹、羊血、粉羹之类。华灯初上，夜市出售有羊脂韭饼、糟羊蹄、羊血汤等。酒店里出售有鹅排吹羊大骨、蒸软羊、鼎煮羊、羊四软、酒蒸羊、绣吹羊、五味杏酪羊、千里羊、羊头鼋鱼、羊蹄笋、细抹羊生脍、改汁羊撺粉、细点羊头、大片羊粉、米脯羊、假炒肺羊熝、五辣醋羊、红羊、灌肺羊血糊齑、羊脂韭饼、熟羊。面食店里出售有软羊焐腰子、猪羊大骨、猪羊生面、鳖蒸羊、元羊蹄、鼎煮羊麸、大片羊、大片铺羊面。还可以看到乳炊羊、羊闹厅、羊角腰子、入炉羊头签、羊舌签、鲜蹄子脍、烧羊头、片羊头。这都是孟元老纪实，近似文字录像。

东京滴漏本该装满十二时辰，一时贯穿了羊的汤汤水水。万柴齐燃时，膻气会弥漫整个东京上空。

我在开封最早结识的那位“嘞大爷”苏布衣问我：宋朝有羊双肠汤吗？

这冷知识难不住我。我说：有，当时专业称呼叫“热洛河”。

我一向从文认真，文必有出处，有根有据，免得学者窥腚，露出破绽。尤其写大历史举小例子佐证，文字里一定要加上碎屑，要有真实的羊肠、羊爬豆、羊胎盘，最好能有俩羊蛋。

其实，这里说“热洛河”属无厘头，我想借此调侃一下某些人的皇城根意识。

>>> 4 <<<

在开封，我最喜欢去寺门那家叫“同源升老店”的清真店吃卤羊头，五香味道黯然勾人。我看到那位“长着一脸络腮胡子像鞋刷子头发像一丛风中荒草的人”，他正提着一颗热腾腾的卤羊头，在膻气里晃荡。

那人立在风中，不慌不忙，顶风啃羊头。他对我鄙视道：给你个小羊头就喜得屁颠屁颠，被收买了？

这尖锐质问实在突然。

我说：别这么说，羊头上肉多，啃完我都舍不得扔，家里两个孩子还等着熬羊汤喝呢。

他说：我知道你住在大梁门宣和画院家属楼旁边的民居，是个诗人，还是教授，三家和一面砖墙（“和”，读音同“火”。方言，共有、共同的意思。开封民居的屋墙多是几家共有，这里是指三家共有，形容狭窄局促），你用的印章是石语刻的“不为五斗米折腰”吧。我告诉你一句实话，羊肉吃多了容易上火，嘴角起燎泡。

他说得俺骤然脸热。

2017.11.1　初稿

2020.3.22　又补

苏东坡吃过荆芥吗？

——菜蔬常识考

>>> 1 <<<

“宋学学会”成立两年后，我在三十岁生日那天加入。

选这个日子，有点字面上的“刻舟求剑”，目的是要留下痕迹，人生打捞并不重要，图个纪念意义。入会以来，我努力保持学术立场，尤其被称为“学者型作家”，名称是作家一套防雨面罩。

我验光时近视不到 50 度，还是专门配了一副眼镜戴上，钢丝架子，耷拉一条细线。学契诃夫，吸纸烟改用一柄雕花梨木烟斗。

庞会长开玩笑说：你案头要置《山海经》《世界征服史》《资本论》《撒马尔罕的金桃》《手扶拖拉机维修原理》《追忆似水年华》……阅读落差一定要加大。

父亲称赞我小时候就显出天赋，喜欢猎奇探索。六岁那年，我把一块砖头吊在邻家毛驴尾巴上，防止了驴叫。这曾让驴主人一度皱眉，可后来他专门来我家感谢，说砖头竟意外地治好了毛驴夜间的咳嗽。为此，他送了一盒油炸“蜜三刀”特意褒奖。

三十岁那年，我开始专注研究宋朝饮食文化，以食论诗，以食论史，以食论世，还以食厌世。我想独创一种“知味学派”，譬如要想推断一个人是不是“云贵川人”，可以根据鱼腥草气味。推断一个人是不是“中原人”，可以根据荆芥气味。以“味”大致划分范围。我还绘制了一张“中国荆芥地图”，结论是天下不吃荆芥的都不是河南人。

在北中原，人们把见过世面者称为“吃过大盘荆芥”。这条谚语数次出现在我的文章里，“荆芥”不只是荆芥还是境界，是眼界和世界观的一种映照物，像学者苏布衣手中那一弯道具，不能叫马尾巴而应称作拂尘。让人由“小荆芥”进入“大境界”。

做学问就不能像宋人书法那样“尚意”。尚意是功夫欠缺或对尚言的反叛。

>>> 2 <<<

我认为饮食带有“时代性”和“传染性”，“密接”的人会相互影响，类似“近朱者赤，近墨者黑”。和苏轼同时代的苏颂说过荆芥可做生菜吃，苏颂和苏轼，一起被关过府司西狱，都姓苏，且又同一年去世。苏颂是宋朝人，和苏东坡是“密友”……故苏东坡吃荆芥。由此，我是否可以推测荆芥是宋朝人餐桌上的“必选项”？

苏东坡能写一手好诗文定与他吃荆芥有关，有异香相助，文章方若清新凉拌，气息不俗。

>>> 3 <<<

那年我在淮河路古玩城卖画，著名收藏家老彭买我画但不想出大钱（这是老彭的主要缺点），却要送我一幅“苏东坡手札”置换，我一笑，说：你这不是赔大啦？他说不是真迹。我说肯定是伪作。展开那《荆芥帖》如下：

昨日得鸿硕札，复煎荆芥，乃以汤漱之，酒醒方书。村语荆芥反驴肉。轼白。

共三行，二十八字。

即使假苏东坡我也要成交，让老彭得逞吧。我开始考证“荆芥帖”：宋朝熙宁年间的一天，苏东坡写毕，阿嚏一声，出气通透，里面兼带养生经验。我后来还借鉴伪造过一通《白粥帖》。

五年后因“荆芥帖”的趣事遭遇一烂人烂事，此处不多表。依照小杰教我的处世秘籍之一，马上甩开远走，近似三十六计里的走为上策。

我继续考证《清明上河图》里还有一人吃荆芥。在马道街位置上，旁边有支案卖林檎者，摊子旁边，吃荆芥者坐在一方条凳上，前面有一方蓝花大盘，正大口吃荆芥。那人对我说：你一定要造一张“荆芥帖”。

>>> 4 <<<

荆芥是菜蔬里的异味教徒，近似雅人说黄话，近似作家写书法。在河南文坛，凡是吃荆芥者书法都好，如我所知的孙荪、李白凤、马新朝、王绶青、何弘、吴芜、刘森堂、王海、晓琳、荷翁、朱沙、裴苏子。肯定也少不了洒家。

同时我明白一个道理：常识比理论重要，活着比死去重要。但是“祸从口入”，在漫漫人生里，若不留神，连平常吃一枝荆芥也能中招误事。

2017.2

第一封荆芥信

孙美茹在京琉璃厂“不染堂”给我来信。

现在写信有古风的人很少了，关键还用毛笔花笺。孙美茹算一个，得益于她在安阳师范当教师的老父亲的家教。孙先生曾是严耕望的弟子，著有《宋代东京交通初考》。

过去她三天给我写一封信，大多关于学术交流，内容都很简单，有的还像通知。这一次的信内容颇繁杂，除了京城各界八卦，重点是卤煮豆汁炒肝，都是骆驼祥子们的吃食，里面有一句涉及荆芥，是我感兴趣的。

她质问：真想不明白，你们河南人为什么如此好吃荆芥？荆芥叶子味道那么难闻，把荆芥放在做好的菜里，简直就像在西餐里放进一马勺法国香水和肥皂。再说，荆芥对你家那只大白猫还有反作用。

2022.6

第二封荆芥信

三天后，孙美茹在京琉璃厂“不染堂”又给我来信。

她说，自己在京城要做一些传统文化策划活动。较之从政，如今做学术研究障碍还算小点，也保险一点。今年要组织几位不在职的大学教授，成立一个“反对吃荆芥协会”，目的是想和在京的河南人对着干。以后逐渐成立“反对吃鱼腥草协会”，和云贵人开展学术争鸣。成立“反对吃榴莲协会”，和东南亚开展学术争鸣，走出国门去。还有一个“反对吃芫荽协会”，这个协会一定要在开封成立，找个做羊肉烩面的店面当会址。等下次见面再细议具体步骤。

我觉得这些学会没有严谨性，信写得异想天开，类似“植物谋反札”，不免有点“虎将犬女”之感。但我没敢说出口。

两封信都缺少她爹的学术严谨性。

两封信笺兼邮票，加到一起都没她长得好看。

2023.2.26　补

有人让黄庭坚吃错了红薯

——关于《清明上河图》里没有烤红薯的阐述

>>> 1 <<<

我加入开封宋学学会后，知道黄庭坚有一帖，在“四家学堂”里看过二玄社复制品，几可乱真。宋学学会那班子人在研究时偷懒，望文生义，将其命名为《山预帖》，研究对象成了一种能煮吃的食单帖。黄庭坚其他能吃的菜蔬帖有《苦笋帖》《糟姜银杏帖》。

从文化综合水平而论，“宋四家”的书法里我最推崇蔡襄。

这也出乎黄庭坚意料，他托梦说：你写的字像石头压扁蛤蟆，我还以为你心仪子瞻嘞。呵呵。

照钱博士标准来划书法成分，“宋四家”里，蔡襄是“大的小书家”，米芾是“小的大书家”，苏轼是“大的大书家”。我学过黄庭坚，是先读黄诗后临黄帖再慕黄人。

这通手札行距均匀，字间错落，轻盈跳脱。最好在饭桌上读，在灶台边临，最后远庖厨，大有移步换景之感。全帖单说“铁棍山药”性能的好。

公历 1101 年，黄庭坚五十多岁，《山预帖》是那一年写的。这个时间段里人生铅华洗尽，黄公不再挥舞长枪大戟，书法不再擦枪走火。人生饱满，风清月白，收敛得很。

> 当阳张中叔去年腊月寄山预来，留荆南久之。四月，余乃到沙头。取视之，萌芽森然，有盈尺者，意皆可弃。小儿辈请试煮食之，乃大好。盖与发牙小豆同法。物理不可尽如此。今之论人材者，用其所知，而轻弃人。可胜叹哉！

大书法家写字时从不考虑能否获得“兰亭奖”，也无须事先备赛，心无挂碍，故率真而格调高。像我等混入书坛者，纯属沽名钓誉，一门心思只想把价位提高个零头。我五十七岁那年，还想冲击个副科级嘞。

>>> 2 <<<

一日网上溜达，看到一篇《发芽的红薯，竟让黄庭坚吃后写出千年好书法》，料是出自标题党，为了吸粉吸流量。我推测编者身份：一、小编老家也是中原，只有河南人对红薯喜之怨之，爱恨交加，人人有红薯情结，进城三年放屁依然有红薯味，不然不会是这等热情。二、常识缺席，不了解中西农作物交流史，提前拿出一块红薯来蒙人，发霉你敢吃吗？那近似上吊。

黄庭坚前后，中国书法史里没有《红薯帖》。

我写《红薯帖》前，先说黄庭坚这一块《山预帖》断然不是“书法红薯”的理由。

山预是山芋，山芋是山药不是红薯。中国最好的山药是河南怀庆府“怀山药”，河南人叫“铁棍山药”。我太太的大舅家是怀庆府的，他家那一块山药田里的山药最硬最铁。一年，我到安徽开新书发布会，听皖人说的“怀山药”应是指“淮山药”，是说在淮河两岸种植。豫皖两省发音局部一样。

在宋朝，任凭黄庭坚如何求子心切，老人家也吃不上红薯，红薯是他去世约四百年后的明代来到中国的，一棵红薯藤蔓在万历年间才蔓延到开封。据庞会长考，崇祯上吊的绳索就是红薯秧拧成的，由太监王承恩匆忙捻制。黄道周、王铎可以写红薯帖，黄庭坚、司马光就不能写红薯帖。山药和红薯中间，隔着元朝一块生鲜羊肉，隔着忽思慧。

我准备写一札《红薯帖》，书法史上要有一块未发芽的红薯。

>>> 3 <<<

黄庭坚写帖这一年，苏东坡去世，享年六十四岁。四年后，黄庭坚去世，享年六十岁。这四年里，书法界有巨大损失。黄庭坚写山药帖时正当书艺纯熟，想吃一块山药，山药外形似墨锭而内质非墨锭。山药外圆内方，凝神聚气，里面有大地力气，不像红薯，多吃使人散气，夜半形散气也散。

2017.12.19

两张菜单子

>>> 苏东坡和黄瓜考 <<<

在河南诗坛，从古典诗人杜工部、白居易、刘禹锡到当代诗人周梦蝶、痖弦、徐玉诺、苏金伞，诗人面前摆放的蔬菜种类不一。时代不一，品尝者不一，口福不一，故说菜不一。

在苏东坡的有生之年，六十四载里，他能吃到的蔬果有十二种：菠菜、莴苣（我家叫莴笋）、西瓜、黄瓜、胡豆、大蒜、芫荽、葡萄、石榴、芸薹（小白菜的一种，接近上海青）、甘蓝（卷心菜、包菜）、胡萝卜。

苏东坡吃不上的菜有六种：番茄炒鸡蛋、烤红薯、煮马铃薯、爆炒青椒、烤玉米及爆米花，佐酒也不能使用花生米。他更多时候是无菜干喝，喝后再写“望月”、写《赤壁赋》。“有客无酒，有酒无肴，月白风清，如此良夜何？”

以上这些菜苏学士到去世前也没吃过。遗憾啊，我说一个四川人一生吃不上一个辣椒，说出来就连重庆也没人会相信，就算开封自媒体再“无知”也不会相信。

从两根黄瓜开始，我考证苏东坡和黄瓜的关系。“紫李黄瓜村路香，乌纱白葛道衣凉”一根；“簌簌衣巾落枣花，村南村北响缫车，牛衣古柳卖黄瓜”一根。苏东坡一生青睐两根黄瓜。

苏东坡在作品里张扬的酒兴很高，其实自己酒量很小。好酒而无酒量，只用自家酿制诗句来壮胆。历代诗人大体如是。

在村里，苏东坡一直在被我二大爷等少数人“神话”着，我最早热爱苏东坡也受他诗词影响。

有一次，他问我：我听马老六说评书，上次说到古人酒量大，能斗酒诗百篇的诗人，是李白还是苏东坡？平时听评书太多，历史常在马厩里走水穿帮。像亚马孙丰沛的河流经常主道分汊。

我说：不是度量衡容器的斗，那是斗嘴的斗。咱河南人现在喝酒不还说“斗一个”？古人话多，酒量比你大不了多少，那时候的酒没现在的度数高，还赶不上道口酒厂的“公鸡蹦”。古人多是米酒，是酪馏，是醪糟。喝酒不喜欢就菜，没菜也能干喝。武松喝十八碗酒，也不全依靠牛肉。

>>> 赵太守和剥葱 <<<

墙上四壁挂香。

店壁高挂一块木制餐牌，我用放大镜看了三天画，上面分明是一张食单。近年书协只流行“四家”字，苏、黄、米、蔡。连梁山上的圣手书生萧让都模仿。我再细看，食单上面字迹是苏体。瘦金体没人敢写，题词不能抄菜谱。食单是一个社会的脸面，展示吃货文化高度。

面：今日供应罨生软羊面、桐皮面、盐煎面、鸡丝面、插肉面、三鲜面、蝴蝶面、笋泼肉面。

馒头：今日供应羊肉馒头、笋肉馒头、鱼肉馒头、蟹肉馒头、糖肉馒头、菠菜果子馒头、杂色煎花馒头。

饼：今日供应千层饼、汤饼、蒸饼、月饼、炙焦、金花饼、乳饼、菜饼、胡饼、牡丹饼、芙蓉饼、熟肉饼、菊花饼、梅花饼、糖饼。

羹：蹄子清羹。

赵太守经常来喝汤。至今河南人问候语还说“喝汤”。

赵太守就是那位从“刘家香铺店”前面路过，拿扇子遮脸避人的官员，遮脸叫“便面”。赵太守名叫赵守敬，字自慎。他一边喝汤，一边看小御街樊楼上的烧饼大的夕阳，缓缓下坠。赵守敬出身素寒，从太守位置上退休后想享享清福，想在菜园里种葱，一直想开一次荤。一个廉洁奉公的人民公仆奋斗一生，总不能退休后还这样喝汤吧？那一天，特意让孙羊店喊堂的伙计赵轱辘推荐一位厨娘。

一位姓蓝的厨娘来家里。

赵太守说要准备五荤五素的便饭，蓝厨娘张口就吩咐说，厨房要先准备羊十只，葱五斤。赵太守咬牙置买了。一辈子也得接触一下陌生领域，并特意到厨房观看如何操作。

蓝厨娘一道菜仅用羊脸上两块肉，所剩部位皆弃之不用。赵守敬心疼那些浪费的好羊肉，蓝厨娘只冷冷地说：除此之外，皆非贵人所食。

赵太守问：你在京城哪家做过厨？

蓝厨娘说：我在蔡太师家剥过葱。

2016.10.30　写第一单，

2020.4.1　写第二单。

东京水果类别

继续普及入城生活常识。在开封学术界，庞会长有一正确的谬论：常识比宪法重要。

官员不喜欢听，说：这是扯淡。没有宪法保护你能有常识吗？

张择端知道，比起唐朝长安，东京水果品种又丰富一些，街头四季平时能见到很多水果菜蔬，它们是：西瓜、黄瓜、石榴、葡萄、胡萝卜、大葱、茄子、丝瓜、扁豆、蒜、姜。前七种都可变相生吃，在留香寨我都亲自食用过，后四种生吃也死不了人。

有时，东京街头会出现来自岭南的热带果品，只是价格奇贵，东京一般百姓吃不起。一上市，很快被小御街里住的富人官家购置一空。计有：橄榄、温柑、绵枨金橘、龙眼、荔枝、召白藕、甘蔗、芭蕉干、榧子、漉梨、党梅。

其中，温柑最抢手，温柑为温州所产柑子，和当代温州“炒房团”来河南一样，温州人组成一个“炒柑团”，初为贡品，因其质好而为宫廷和近臣喜爱，传到市面，成为口味里一种时尚。没吃过温柑就像没见过波斯来的骆驼一样。2009 年晚秋，我在台北故宫博物院闲逛荡，看过宋朝富弼一幅手札《温柑帖》，最后一句是“弼又上温柑绝新好，尽荐几筵”。温柑流行，宋朝皇帝上朝时龙袍里装一个温柑，闲时把玩。它气息清香怡人。

市井上卖柑者有市场技巧，喜欢把大个的排到摊位前面，小个的排到后面，温柑井然有序，像大臣上朝，根据职务大小排序列队。

绵枨是一种小型橘子，金橘又称金柑，产于江西，逛街的女孩子袖里喜欢藏几个，暗香盈袖。若有幽香，可飘十里。那年到徽州安庆寻找晓青，和晓青说过许多柑橘的话题。以后每次见橘，便有点怅惘。

我二大爷在乡村集市上卖水果，把一众水果在摊位摆设上，传承着宋朝文化，总是把大的摆到前面，小的摆在后面，养成职业习惯。好处是无论大小果子最后都要卖完。

这职业习惯对我启发很大，一个人在世上想混一碗饭吃，先要把长处成就展示一下，先白鹤亮翅再黑虎掏心。速度年代，别人没工夫等你厚积薄发。人生顺序一定要对，不能本末倒置。就像摊上的水果，大的一定排前。但说话不能先说大果子，不要乱显摆，我就吃了乱显摆的亏，无意中得罪了人。

2001年春天，我在开封前后待一个月左右，和姐姐陪同母亲在市人民医院看耳疾，母亲病情好转时，我得空闲，一人到书店街闲逛，想顺便买袋奶粉。

书店街两边都是故事。看到路边一家画店叫“瑰珍轩”，老板是一位本地画家，墙上挂满行画，中间挂一张汴绣《清明上河图》。他听我口音就问：你是河北人吧？一谈，果然是老乡，姓杨，杨师傅说他爹那辈从滑县逃荒来开封。

我马上想到杨师傅他爹和我姥爷逃荒到开封年代差不多。我小时候到张堤走的亲戚也姓杨，杨姥爷家当年逃荒有亲戚留在开封。开封生活的河北乡党多，像鸡笼里关着一百只鸡能露出来三百只鸡爪子一样多。

他说自己比着一本《芥子园画谱》自学，能吃苦，靠卖画硬是成为一位“著名画家”，五年前加入市美术家协会，为了冲刺一下理事，曾花一年工夫临过一张《清明上河图》。自己最善画春夏秋冬四扇屏，画价在这条街上排第一……彼此谈得对口味，他转身取画，让我看刚画的一幅《东坡吟诗图》。

我看画有功力，线条清楚，人物交织得不错，师从海派任伯年：一张椅子上，苏东坡抱膝闲坐，桌上有线装书、蜡台、砚台，盘子里放四个红苹果。

生人面前我不多话，免得有显摆的嫌疑。因说是河北老乡，他乡遇故知，我显得有点嘴杂话多。我说：杨老师你最好把苹果改成石榴。

他问为啥。

我说：没啥错，宋朝没苹果，张择端当年没在《清明上河图》画过一个苹果，张择端一辈子没吃过苹果。

他疑惑地看看我，眼珠子不动：哟，看你年轻，还懂不少，要真是这样我改成俩红桃算啦，你说得有道理。去年有个游客教授说我是画匠，吃了没文化的亏，画一辈子也画不出来。小老乡，你是干啥职业嘞？

我掐一下手指，暗示自己，要低调，这不算啥本事，万万不可显摆。我妈在医院还等我买奶粉，需要赶快回医院。

回去的路上，在相国寺拐弯处，忽然见到你。恍如那年冬天在马道街上。

2017.6.19

听我姥爷说宋朝的面

关于宋朝面的故事，我听说的来自三种渠道。其一是在留香寨，听我姥爷说《水浒》。

有一天，队长老黑找来一张《河南日报》，说上面有一篇社论，让我姥爷传达，就是念报，都是全国流行的语录。队长引用上面毛主席在《湘江评论》上的一句话："世界上什么问题最大？吃饭问题最大。"队长解释说，这是指种粮食最光荣，毛主席说到咱们心坎啦。

我姥爷同意，也说吃面最重要，主要是顶饥。譬如壮馍、壮饼就比大伙食堂里的稀饭顶饥。外出干活或远行，带着壮馍、壮饼还有"壮胆"的功效。有粮带着，心里不慌。这有《水浒》为证。人生里面经常有"饥饿暗示"，带馍行和空手行，两者心理感受和速度各有不同。

我姥爷说：那一天，戴宗携带李逵到蓟州找公孙胜，蓟州就是天津，是现在你孙百然舅在建筑工地当伙夫做饭的地方。正午时分，走得肚饥，进到一家素面店，吩咐造四个壮面来。戴宗说：我吃一个，你吃三个。李逵说：一发做六个来，我都包办。

《水浒》一部大书，除了打，就是吃，这是我少年时喜欢它的原因。我后来推断：李逵饭量大于戴宗饭量五倍，经过专门核查，壮面是一种扯得很粗的捞面。近似二十年后我在新疆吃过的拉条子。

李逵对过坐的是一老者，要的是一个热面，这热面不是捞面，带汤，李逵火气大，捶桌溅起面汤，溅了老者"一脸热汁"。老者大为不满，指责道：你是何道理，打翻我面？

我们村里至今还有壮馍、壮饼两种。村里的这两种食品已经是饼，不再是面。尤其壮馍最有名，它用不发酵的面裹上肉馅，另加粉皮、姜、葱，拍成圆状一指厚的饼，在平底锅里油煎，出锅后再用刀切块。全县以八里营、白道口的壮馍最是筋道。我喜欢到白道口走亲戚的原因就是能吃壮馍。

那几天，我担心的倒不是粮食问题，而是公孙胜后来能否顺利出山。眼看宋江就要吓死了。他正需要天罡五雷正法救急。

四十年后，乡厨大师傅们开始对外交流，大讲治大国如煎小鱼，我也敢开始跟人说：宋朝的壮面来自北中原，经我村马三强他爹马天礼在省会开封技术改良，变成了现在的郑州烩面。如是观，郑州烩面是豫菜里的孙辈了。

那些年，还没“烹饪大师”这一称呼，在村里一律俗称“做饭的”或“伙夫”。村东头老马在长垣是个伙夫，后来到开封“又一村”掌勺，还是伙夫。

2012.1.1

香饮子

——饮子成分解析

屋檐下，一块招牌上直接标明“香饮子”仨大字，用的是楷书字体。

善草书的米芾说过，招牌字用楷书方有庙堂气息，若用草书、篆书，照河南话说，都是胡尿整，行书也次之。开封街道上的匾额一度有写篆书、金文的，那纯粹是想和顾客手里的钱过不去。终于有一天，全市一律用了电脑字体。

那年和邓小宛在广胜寺采风写生，见到山西一县令用篆书写的一匾，她让我猜那四字，想得头疼了一天，才猜出来是“宝筏金绳”。

东京一年四季里都供应饮子，属于日常饮料，非时令饮料，与气候凉热无关，热饮或冷饮都有。与饮子铺隔一条马路靠占卜为业的老解对游客说，最好的饮子是“何家”的。特点是“冰雪凉水，若荔枝膏”。以后的营销日子里，何掌柜很感谢老解插播的这一软性广告，在老解给人“话疗”的空隙，会时不时地给他打上一罐，让店小二送上。

何家“香饮子”出名不全是靠老解鼓吹。关键配方好、产品质量稳定。这一点不像当下名人在各类广告里的信口开河。有人赶路，急急喝下一杯香饮子就走，一路畅快，这些谋生者，就是流动的广告。也有坐下慢慢来喝的，这类人多半是行旅诗人，孤饮仅仅是为酝酿一点意境。东京街头一天起码有三五个这类人来喝香饮子。饮后开始发呆。让何掌柜印象最深的，是一个叫柳永的文艺青年，喝后要笔要纸，写下《雨霖铃·寒蝉凄切》。

后来听说这后生成了京城演艺界名人。许多名伎说：非柳哥填词俺不唱。何掌柜说：我当时看这青年人气质就不一样。

香饮子不分文武。杨志初来东京时，也喜欢喝何家的香饮子。何掌柜记得，两年前大暑那天，一位脸上有一块青斑的汉子来临，好大一个“青面兽”，他连续喝了三十杯冷饮子，走了。好些天不见“青面兽”。年后，有消息说他上梁山落草去了，何掌柜听后吃一惊，望着杨志过去坐过的桌子，抹一下，摇头叹息。

何掌柜知道饮子的清凉，不知道杨提辖喝饮子之外的无奈。

人在江湖，那时离东京三百里开外，杨志在一片闷热的松林里多想喝一口冷饮子，上下通透，好赶路交差。杨志躺在黄泥岗的松荫下，咽唾沫时还想到何掌柜，舔一下干裂的嘴唇。热气蒸发，松林里有冷饮子的幻影穿梭。“青面兽”擦擦眼睛，眼前是老总管递来的一瓢酒。杨志一路矜持小心，不敢出错，可小心再小心，最后还是撞上马尿，喝了半瓢浑浊的阴谋。

杨志迷迷糊糊，眼睁睁看着人影和松树跳荡，恍惚里不断重叠。一地红枣像桃花瓣飘舞。人误一时，事误一世，酒误一口。他始终没明白那一瓢里盛的何种浆饮。许多年后才知道，那是绰号“白日鼠”、真名“白胜”的人配制的枣子酒。这一只狗日的白老鼠！鸟人！撮鸟！误了洒家封妻荫子的报国前程。

上梁山多年，他还改变不了一个习惯。一到夏天，喉咙里就时不时冒出一股枣子酒味。每次看到白日鼠，就觉得剑鞘那层蛇皮隐隐颤动，剑柄自动要往外蹦。

老解那一天也来喝香饮子，坐在杨志对过。后来对何掌柜说：这年轻人有抱负，但面相不好，尤其那“面皮上老大一搭青记”，属于“障痣”。大凡有事业，出场就显露晦气满面，定会受折。

杨志不知道的信息，恰恰是何掌柜引以为豪的，何掌柜常对人说：某年某月某日，杨提辖来此小坐，喝过自家一杯香饮子，润喉畅胸，才上梁山。到他儿子经营本店时，梁山早招安过了，为突出名人效应，另外开发一种绿色香饮子，招牌叫“志曾饮”。

招牌上是用规矩的楷体，符合米芾的题匾要求。

2015.5.13

附一：

“香饮子”种类

东京人还把饮子称作“汤”。

我看陈元靓的《事林广记》有“诸品汤”：干木瓜汤、缩砂汤、无尘汤、荔枝汤、木樨汤、香苏汤、橙汤、桂花汤、湿木瓜汤、乌梅汤。赵希鹄的《调燮类编》(清饮)有：橘汤、暗香汤、天香汤、茉莉汤、柏叶汤、橙汤。陈直的《养老奉亲书》中有姜汤、姜橘皮汤、杏汤。周密的《武林旧事》(凉水)中有：甘豆汤、椰子酒、豆水儿、鹿梨浆、卤梅水、姜蜜水、木瓜汁、茶水、沉香水、荔枝膏水、苦水、金橘团、梅花酒、香薷饮、五苓大顺散、紫苏饮。“西湖老人”的《西湖老人繁胜录》在“诸般水名”中录有：漉梨浆、椰子酒、木瓜汁、皂儿水、甘豆糖、绿豆水、苏饮、缩脾饮、卤梅水、江茶水、五苓散、大顺散、荔枝膏、梅花酒、白火、乳糖真雪。

笼统说，它们都是宋朝人喜欢喝的饮子。

附二：

“柿蒂饮”方子

到明朝，《普济方》里“香饮子”开始出现变异，转变为一味药方：

干柿蒂 15 枚为末。用水，加白盐梅少许，煎服。主治咳逆不止。

我没看过《普济方》，但知道柿子蒂功能。那一年晚秋初冬，父亲咳逆不止，县城医生说了个土方。在北中原结霜的田野，我找过干柿蒂，太阳还没升起，在开封对岸的河之北长垣城郊野地，那些花柴干枯，我蹚着一地露水。

《长垣县志》记载，花柴地附近，就是当年东京通往北京大名府的一条官道。上面走过杨志、蔡京、苏轼等名人。北京大名府，那是与东京开封府一样的“宋朝四京”之一。

附三：

“生铁落饮”方子

在刘家胡同刘青霞故居游览，胡大夫对我讲了自己的一个故事，说启发于“饮方子”。

某田姓局长家暴，家中女人是她后妻，长得太俊，田局长觉得戴了一顶虚构的绿帽，女人因长期挨打而失眠，胡大夫照《黄帝内经》中医理论自开一方，女人到药店竟抓不到此药。回来问，胡大夫嘱其用磨刀水煮大枣口服，每日一碗，且要新鲜磨刀水。女人买一条青面磨刀石，每天在家磨一把菜刀，一屋子装满霍霍磨刀声。声音四溢，把邻居都惊动，不时来探首观望情况。

从此再没家暴事，一月之后，失眠痊愈。

胡大夫说，这叫“生铁落饮方子”。他套学术近乎，举例说《清明上河图》里就有这个招牌。

戴院长吃豆腐

戴宗从浔阳去东京出差办公务，一共住过三次樊楼。

戴宗属于著名作家施耐庵虚构的一位专业技术人才，施作家赋予其特异功能：腿拴甲马，日行八百，曾用笔名“神行太保”招摇于世。只是有个缺点，相关学者一直未解决，拴甲马不能沾荤腥，只能吃素。不然中途就会失效，像汽车缺油中途抛锚。这对美食家是致命伤。还有个缺点是怕红。

这一天，戴宗误入朱贵开的水泊酒肆，道：我却不吃腥荤，有甚么素汤下饭？

酒保道：加料麻辣爊豆腐如何？

戴宗道：最好，最好！

酒保去不多时，就端出一碗麻婆豆腐，放两碟菜蔬，连筛三大碗酒来。戴宗正饥又渴，把酒和豆腐都吃了。

神行太保不知圈套。豆腐掺有蒙汗药，借豆腐可发挥。

那次研讨会上庞会长给我指指点点，说《清明上河图》里面哪一位是史进，哪一位是戴宗，像评书八卦。我开会喜欢走神，正想着白橙，加上眼花未记准。只记着戴宗和豆腐、蒙汗药的关系，便随手衍生出一句格言：普天之下，油都不好揩，豆腐都不好吃。创业时一定要珍惜自己那副甲马，有时会因鳞片小事翻船。

开封也是一座豆腐美食城，约一千年前，苏东坡、米芾都在开封吃过豆腐。一千年后我也在开封吃过豆腐，以马道街那家洧川豆腐最好。有炸豆腐、煎豆腐、焙豆腐、烩豆腐。洧川豆腐质地硬，不掺水。老板姓牛，业余写诗，牛老板有资格给我吹牛，说豆腐硬的程度不亚于画中那座虹桥，都能作一架豆腐桥。他的理想是有生之年用豆腐制作一款《清明上河图》，填补空白。目前有汴绣版，有木刻版，有电子版。

想不到一位卖豆腐者除了写诗也有豆腐理想。我正疑惑间，忽然听牛老板高声叫：快看，杞县的大诗人王耀军来啦，当代诗坛神行太保。我今天要请他给我墙上题诗，中午上豆腐全宴。冯老师，你一定得来作陪！

2022.5.15

马道街卖豌豆糕者

我是个蒸不烂、煮不熟、捶不匾、炒不爆、响珰珰一粒铜豌豆。

——关汉卿《一枝花·不伏老》

豌豆熟时可做糕，豌豆嫩时可生吃。生吃最妙，风格清鲜，我童年里曾开满豌豆花，那时在田里大口嚼过豌豆。

因为情感，我很留意豌豆常识：它在汉代自西域传到中原，我姥爷说是张骞藏在布袋里由骆驼天马这类神兽驮来的。丝绸之路上的马都靠吃苜蓿苗、豌豆苗一路走来。汉代大面积种苜蓿是为了马肥征战，宋代大面积种植豌豆是为了蒸豌豆糕。

开封每道物产都有身世。天地不断换颜色，菜蔬不论前朝事，豌豆在历朝出现，元代忽思慧在《饮膳正要》里讲到熬制一锅“马思答吉汤”的配方：

羊肉（一脚子，卸成事件），草果（五个），官桂（二钱），回回豆子（半升，捣碎，去皮）。上件一同熬成汤，滤净，下熟回回豆子二合，香粳米一升，马思答吉一钱，盐少许，调和匀，下事件肉、芫荽叶。

“马思答吉汤”里面的回回豆就是豌豆，细致说是青豌豆，青色豆入汤颜色好看。《本草纲目》说回回豆、胡豆都是豌豆，学术观点上，我和李时珍看法同。

媒体记者侄子冯振华说，回回豆不是豌豆而是鹰嘴豆，是另一种豆。我学术不避亲，反驳道：不管鹰嘴豆、雀嘴豆、鸭嘴豆，它们都是豌豆，离了豌豆熬不成“马思答吉汤”。

侄子说：叔，一争论就话多啦！各说各的吧。

喝“马思答吉汤”作用是什么？主要补益，温中，顺气。和豌豆气质一样，像豌豆公主讲的童话。宋朝人思想里多“温中”成分，养成这气质和他们平时大量吃豌豆有关。元人在学术观点上要学习宋人。这是元人请出赵孟頫的原因。

我在新疆伊犁吃过回回豆，坐在伊宁市一家清真小店，上一碗凉回回豆汤，味道独特，下嘴第一口感觉近似花生和板栗，戴小花帽的老板娘说像我这年纪要每天喝碗凉豆汤，养生。我回河南后专门查资料：回回豆有养颜降血糖功能，温肾壮阳、主消渴、解面毒、润肺止咳。用于体倦、腰膝酸痛、食欲不振、病后体弱、糖尿病及肺痈肿等。回回豆近似我老家滑州的“冰糖春”“公鸡蹦”。

上次研讨会我问路的那一位，就是马道街上戴蓝帽子的卖豌豆糕者。他挑着一副担子游走，自那以后我每天就喝他的豌豆汤。一天，一蛮横城管员一边吆喝，一边二话不说就把他的一杆秤撅折了，还掀翻了他的担子，理由是行为影响市容……

东京市人人有文化，从官到民，皆不可小觑，一泡屎能给你讲成龙纹旋转。正所谓虾有虾道蟹有蟹道。

那卖豌豆糕者讲道理时比较幽默，那天面对那城管人员，他一脸的骄傲：

我祖上自宋朝就在这里卖豌豆糕，卖了一千多年啦。我祖上还卖给过画家张择端豌豆糕，他那一年住在东门油坊胡同，要给皇帝画画，画了五天五夜没吃饭，就靠我家祖上先人切几块豌豆糕度日。要不是我家祖上的豌豆糕，他能画出《清明上河图》吗？早都饿死个屌朝上啦。自古以来，当画家不养人，能饿死，不如我这卖豌豆糕。你不让我卖豌豆糕我也饿死，市长还说要为民着想，你想让我返回宋朝吗？

这人嘴刁，让人无言以对。

看着一地散乱的豌豆糕，双手悬着。卖豌豆糕者蹲下来，像是捂着来风。

这时，那位“长着一脸络腮胡子像鞋刷子头发像一从风中荒草的人”走来，俩人擦肩而过，都有相似的好胡子，胡子的功能像蚂蚁触角，彼此接到了胡子上面的信息或暗示。

2017.6

春衫和春树

《清明上河图》里的春天姗姗来临，从画右上角开始浸染。

春衫也随着行人一面一面光临。

张择端卸下厚重的衣裳，换上轻而舒、薄而适的春衫，心情如春天，从清明这一天，要缀毫起草，修已正心。这也是张择端热爱清明的缘由。

春衫自然也成春天的一部分。画家安置上片刻的安静，行人开始有岁月静好的感觉。正如后来我们在歌厅里唱的“岁月长，衣衫薄”。想想，一位体贴的裁缝能把一件新衣为人着身，上面肯定附带有春意定格的片刻喜悦。

一位叫刘改之的诗人，他崇拜张择端和辛稼轩，刘诗人写过这样的句子：“不惜春衣典尽，只怕春光归去，片片点苍苔。能得几时好，追赏莫徘徊。”是布衣诗人在《水调歌头·春事能几许》里的抒情，诗人在向春天大声表白。

不过意境浅些，搅和成了春天里的一碗心灵鸡汤。我更喜欢古人这样的诗句“十八姑儿浅淡妆，春衣初试柳芽黄”，因为柳芽，意境近似我的乡土诗。

两者做一观照，春天来临黄河岸边，我穿上母亲做的一件得体新衣，扤着一方柳篮，要到河滩上捋柳絮（开封人把柳树嫩芽叫“柳絮”，可食用。“絮”读“索”音）。那些春树初发。

黄河两岸人有初春吃“树头菜”的习惯，像柳絮、杨叶、构穗、葛花，包括后来张择端画里出现的一把香椿，都可称为“树头菜”。树头菜可尝鲜可度荒，两种用途兼有。

春衫和春树暗合。在日常生活里，长期不替换，一直恋穿一种衣服，北中原叫“吝衣服”，深层次考量实际是条件有限，缺衣少裤。在我们村里，有人家一户只有一件尚好衣服，补丁少些，谁出门谁才能去穿。穿衣是讲究“装门面”的。

东京则不同，龙亭里退休官员干部、宣和画院的专业画家、西园里上班的知识分子们，都衣着穿戴从容，多穿对襟上衫，再细分为中裰、长裰两种。大袖子，领口、袖口、衫角都镶黑边，头上再戴一顶叫“东坡巾”的方桶形帽子，这算标准服装。除了这种，东京街头还流行衣衫外加罩一件不加横襕的宽大外衣，是晚唐五代前朝遗留下来的服式，斜领交裾的叫直身，直领对襟的叫大袖衣，近似鹤氅。

我看过《蒙鞑备录》一书，是南宋官员赵拱出使河北时的见闻著录，里面说蒙古官员穿着“又有大袖衣，如中国鹤氅，宽长曳地，行则二女奴拽之”。是一种用鹤毛与其他鸟毛合捻成绒织成的裘衣，材质贵重，穿上还需要“三人行”，一般人穿不起。

新衣旧友，衣和菜都是新的好。“树头菜”也是头茬最好。黄河滩上的柳絮为时令菜，焯水后滤去苦味凉调，讲究的加几滴小磨香油。“凉拌柳絮”一菜传承到今日开封夜市上，被摊主吆喝成“绿色食品”，专治“三高”。

在开封旧事里，我母亲、姥姥、姥爷都采过树头菜，用来果腹度日。那时还是少女的母亲带着要够树枝的小钩，挓着空旷得能装天空的篮子，穿梭在田野。

许多年后，她带领着我在大河之北的春天里行走。清明复清明，往事在重叠往事，柳絮在抄袭柳絮。时光像一方魔方，在老天爷手里来回把玩，在青青的柳树丛里，在“草色遥看近却无”的荒凉郊外。

母亲对我说过：柳树也不是全都能吃，还分花柳、绵柳，花柳吃不好会得黄脸病，绵柳可以吃。

2024.4.4 清明节

往

独上西楼十二轩

孙羊店的位置

——东京房产调查报告

此店位置上佳，属于“市眼”。

这是全城最好的热闹处，属黄金地段。连续五年上过全市客邸联盟排行榜，东京服务第一店。其后排的才是清风楼、樊楼、熙熙楼。

关于地段话题，以前人们置业不流行买热闹地段，偏僻处反而要贵，清朝主要防义和团的咒语，民国时代主要是防日本人飞机丢炸弹。当前经济时代，地段就是黄金，热闹地段寸土寸金，才具有商业价值。

衡量店铺的条件只有一个：好位置。

樊楼的宋厨娘说过：住宿房不要靠近饭店，靠近饭店的房子虽能看热闹，但有油烟味。香港那一位著名房地产资本家李嘉诚却说过一金句：房地产的道理，永远是位置，位置，还是位置！指的就是樊楼。

一如神合，宋徽宗对后来李资本家较赞赏。皇上写过

“嘉言懿行”四字，借助《冯大师古汉语宝典》翻译，就是“嘉君的话说得好有道理，可以推广实行”。用宋朝话就是“这厮言语端的是好”。

《资本论》上说商品房是一回事，风水学上说住房则是另一回事。理论并不矛盾，因为各行都要挣碗饭吃。

对比看，东京其他几家上档次的客店有仁和店、四方馆、会仙楼、都亭驿、同文馆、怀远驿、班荆驿，后五家兼带有接待外宾功能，服务朝贡来宾。孙羊店的主要服务范围为朝内官员，可挂账。

孙羊店有艺术氛围，四壁刷白，案设笔墨，供诗词爱好者、京漂者、文艺青年在上面题诗填词，抒发情怀。每月统一更新，刷白一次，近似白皮月刊，刷前先把上月的题词感想一一誊下来，统一编入一册《冯氏漱玉汇编》，全年共分春夏秋冬四册，近似季刊。许多诗人之所以名垂千古，其作品能流传到现在，全靠在孙羊店墙壁题诗。因此多种魅力，住此店便有名垂青史的机会。

春季末，有人在墙壁上发现疑似苏东坡的句子：“寻坡转涧求荆芥，迈岭登山拜茯苓。”这两句还出现在另一部云山雾罩的书里，起到画龙点睛作用。

孙羊店保守客户秘密，像瑞士保守世界各地储户的账号信息，自有契约信用。二楼房间里住过一奇人，官家多次排查，店主人嘴严，一直不说，住宿簿上也无登记，如雁过不留痕。这是店主唯一一次雁过不拔毛。不是不拔而是他不能拔。

2015.2

附：

住宿名单录兼及其他

据冯大师研究，孙羊店下榻过的各级官员有：王安石、苏轼、司马光、柳永、范宽、李纲、沈括、毕昇、吕惠卿、欧阳修、秦观、张耒、黄五郎、戴宗、王巩。留诗二十五首，词三十二阕，残句五十三条。

卢俊义在此题写过一首诗，但因故未选。

少年诗人章世轩脾气不好，曾在此与多人斗气甚至开火。

宋江燕青一干人为了运作梁山招安工程，融通李师师前，包房半月，内容不明。

其他情况不详。

细节的毛孔正在张开

>>> 卖葱者语 <<<

孙羊店周围都是摊位，摆摊可活跃地方经济，图画里正在成交一桩生意，那是卖葱的。

宋学学会会长庞作道经过一年研究，对我说：我考证这是卖香椿的。现在每到清明时节，河南人依然有吃香椿的习惯。我母亲在世时，喜欢做香椿炒鸡蛋。

我说：这是卖葱的。

我和姥爷在高平集上卖过菜。菜是论斤卖的，只有卖香椿是论把，大把，小把，价钱不等。香椿为时令菜，以刚发芽嫩时为佳，叶子再长便气味发臭，画面上树枝那么长，早接近烧火棍了，会把李师师的小牙硌下，肯定不是香椿。中原集市上卖葱论捆，画上是捆，可能性更大的是在卖章丘大葱。

庞作道反驳：上面是着红颜色。世上有红葱吗？初春香椿可是红的。

世上有红胡子，有红葱吗？摆在学会面前的学术课题是，我必须在一年之内、下届学会召开以前找到一捆红葱，作为田野考察学术证据。这和小葱拌豆腐无关，和苏东坡画红竹无关。

>>> 卖西瓜者道 <<<

馕是波斯语音译过来的，东京人称作胡饼。

斗鸡协会汪会长宣读论文时发言说，画面上那一个拿扇子者是在卖西瓜。

我考据是卖馕。

关于馕的来源，一种说法是从中西亚传入西域，汉代传入中原，传到宋代，也受东京全市人民欢迎。宋僧曾诗言“蓦忽翻身吐气来，且吃胡饼十数个”，说胡饼好吃，歇歇还要吃。世上顶饥的不是前几个馕，而是最后一个。

我和姥爷在集会上卖过西瓜，知道摊位上卖西瓜的习惯。瓜摊上一般是论块卖瓜，先切开一个样品摆着，若有买者来，再一块一块切下来卖，需要一个杀一个。卖瓜不能像画面上全都切开摆在那里。西瓜风干便不新鲜，万一卖不出去岂不坏瓤？那时东京的第一台冰箱还没有制造出来。

只有馕，一排摊满，能作这样的商品展示。我说：你看，还能看到馕上面粘的芝麻和果仁，像天上繁星。刘亮程对我说过，馕要趁热吃。

>>> 卖饭者说 <<<

我叫赵轱辘，是樊楼食店负责响堂兼外送的小二。

我送了十年外卖，阅人无数，只遇到一位奇人。

第一次给他送饭时，开门我吃了一惊，那位待食者是“长着一脸络腮胡子像鞋刷子头发像一丛风中荒草的人”。后来，我给他送了十天饭，他说，还要继续送十天。

他喜欢和我聊天，说自己在收集创作素材，体验生活，为了写一部回忆录，一部让人看不懂的时代秘史。他说只有大家都看不懂，才能成为经典。

他说这些胡言乱语我都听不懂。我只管送饭，别让饭凉。

最后一次，离十天还差两天。我早上送饭，见门虚掩，那人却不在。桌上摆了二两碎银和一颗文玩核桃，一架纸马在独自走动。纸马是时代的地动仪。转圈，转圈。它竟然全身走出了汗。

>>> 卖甘蔗者言 <<<

嵇含在《南方草木状》里竖起一支甘蔗，说“围数寸，长丈余，颇似竹”。看画面，眼神不好的会以为在卖竹竿。当年，宋神宗问过吕惠卿：蔗字从庶何也？答曰：凡草木种之俱正生，蔗独横生，盖庶出也，故从庶。

南方人种甘蔗不像北方人栽柳树般直插，他们种甘蔗是横栽。

《世说新语》里说顾恺之啖蔗的行为艺术，先食尾，后食根。人问所以，曰：渐入至佳境。

晋人多么高玄啊，说的话都不明不白，早已不是一支平放的甘蔗了，更像说汴河边那一杆竖起来的风向标。

>>> 卖饭者从此不再言说 <<<

一天，我给别人送一份“冰糖熟梨”，在王家店拐弯处。突然，我看到那一个人混迹于稀狗屎一样乱糟糟的人群。

那人警觉地看一眼周围。

我张嘴，又赶紧闭嘴，我想到那张桌子上的一匹纸马出汗。我从此不敢言说，以后的日子里只管埋头送饭。

2020.4

红栀灯高悬

——“孙羊正店”细节补充

“孙羊正店”门口挂一盏红栀子灯。为啥只挂灯不打滚动字幕？因为无须打，此处无声胜有声。这里有一个只可意会的商业秘密。东京内行人皆知。

政府文件规定，“正店”可以卖酒，“副店”不能卖酒。每一座正店都有不要深挖的背景。

东京的酒店，门首通常都悬挂红栀子灯，以为标志。如果这红栀子灯上面盖着竹叶编成的灯罩，不论晴天雨日，则表示这家酒店另外提供特殊服务，色情佐餐。

去年，会长庞作道带领我们一行到西欧五国作国际文化访问，趁机观光了荷兰红灯区，回来汇报城市繁荣先进经验。我只记得阿姆斯特丹道路两旁楼上妓女临窗高喊，挥着手，个个竟都会讲汉语。我听了几次后，知道她们原来就会一句汉语：我有发票。

她们背后，悬挂着一盏盏红灯。像荷兰红磨坊的红鞋子。

南宋一位叫耐得翁的业余作家写过一本散文集《都城纪胜》，记载临安酒店风俗，说到栀子灯："谓有娼妓在内，可以就欢，而于酒阁内暗藏卧床也。门首红栀子灯上，不以晴雨，必用箬盖之，以为记认。"北下南上，临安是照东京的惯例传承下来的，标准一样。

临安即现在杭州，名字起得有限制，显得不负责任，"临时安家"也。

八百多年后，1937年，日本人占领了中原，先占我老家安阳，依次进发濮阳、新乡、滑县、长垣、开封、郑州。无论城市乡村，凡是显眼之处，均可见一些"仁丹广告"标识，墙上画有一个东洋老头留着八字胡子。开封城里墙上画满这样的胡子。有点让人莫名其妙，日本人大老远来中国为卖仁丹？

我在孟岗上小学时，我妈还常给我封一包仁丹装着，以免中暑。我妈不知道，我看课文才会头晕。

日本战败后，研究者公布标识里有着军事秘密，它表面是"仁丹广告"，实为引领日军行进的路标暗记。画法内藏玄机：如八字胡子微微向上翘起，表示此路畅通无阻；八字胡子的左角向下垂，即表示左转弯不通，应向右转；八字胡子的右角向下垂，表示右转弯不通，应向左转；如果八字胡子都向下垂，表示此路不通，不再前进。日本人占领开封，利用这一秘密标志"按图索骥"。开封城里，仁丹画像相当于一张墙上军用实战地图。

庞会长对我说，日本人最敬宋朝，学宋朝"红栀子灯"

的方法。

是“后东京人”从“前东京人”继承，是从“孙羊正店”门口挂一盏红栀子灯受到启发。据不可靠消息，在第三届“国际宋朝文化研讨会”上，冯振华提交了题为《论红栀子灯在商业里 GDP 的作用》的学术论文。

会后和老庞散步，他感慨那时东京城市招牌文化丰富，不搞招牌统一的一刀切，若统一黑底白字，不敢细想……

2015 年秋天，诗人余光中、范我存夫妇从台北来作第一次中原游，首站开封，然后巩义、郑州、洛阳。提前告知邀我作陪。晚上夜游汴河，坐船上的余先生显出诗人情怀，欣赏之间，忽然发问于我：我看两边石头上怎么没有青苔？

我只好尴尬地说：余老师，汴河两边的都不是古迹，都是钢筋水泥，是开封房地产商开发的夜游旅游项目，全为盈利，根本不是孟元老笔下的繁华东京。

2016.5

在东京向火

东京暮晚时分，她坐在店肆一方条凳上向火。喜形于色，她说，我从来没有见过这么好的炉火。想起那一苗一苗炉火，映照她脸。火光里饱满透亮。

——《裴苏子日记》

那一群送木炭的驴子早已走在路上，东京城里，每天都需要这样的炭。开封日常烧木炭者都是诗人，像我吃涮锅一直喜欢用老式铜盆，就免不了用木炭。

嘉祐四年（1059 年）冬天，大宋百年来最冷的一个冬天来临。东京市长欧阳修请示：今年元宵灯节办不？营造气氛否？仁宗特批：不办了，缺柴火。

后来柴火短缺的事儿有了转机，有一种新燃料——石炭，就是今天的煤炭。煤炭在汉朝已用作燃料，称“石炭”，曹操当年修建铜雀台，在台下藏了几十万斤石炭，幸亏未燃烧。到唐宋写作“碳”，留日的白橙寄给我一册《东京物语考》，里面讲到日语习惯，至今日本东京人仍把“煤”写作“碳”。

宋时东京，煤成了人民的主要燃料。庄绰《鸡肋编》里面记载：“昔汴都数百万家，尽仰石炭，无一家燃薪者。”全部烧煤炭显然夸张，我推断是煤和木炭兼用，因为资料又载，包拯一年各项收入除米、麦、绫、绢外，冬季另有“十五秤木炭、二百四十捆柴火、四百八十捆干草”，这都是燃料，供其向火。

林冲在一千里外的沧州，扒开施耐庵铺排的文字，也正向火。作家一共让林冲向火两次。烧的全是煤炭。

林冲第一次向火，天正下雪。

> 正是严冬天气，彤云密布，朔风渐起，却早纷纷扬扬卷下一天大雪来。林冲又没买酒吃处，早来到草料场外。看时，一周遭有些黄土墙，两扇大门。推开看里面时，七八间草屋做着仓廒，四下里都是马草堆，中间两座草厅。到那厅里，只见那老军在里面向火。

林冲第二次向火，在大雪之后。

> 那雪越下得猛。林冲投东走了两个更次，身

上单寒，当不过那冷。在雪地里看时，离得草料场远了，只见前面疏林深处，树木交杂，远远的数间草屋，被雪压着，破壁缝里透出火光来。林冲径投那草屋来。推开门，只见那中间坐着一个老庄客，周围坐着四五个小庄家向火。

我总结，散步以两个人最好，向火也以两个人最好，自己劈柴最好，雪中烧木炭最好，以酒代雪最好。木炭常常比煤炭有诗意，乌拉草比天鹅绒有诗意。我们在一起比天各一方有诗意，夜里，我俩能计算东京之夜的红灯笼。

施耐庵终究没有耐心让林冲“向火”三次。

想起那一年冬天，要过春节了，在相国寺前，那炉子里升腾起一缕火苗，你穿着一袭墨衣，黑色里闪着鸡羽般的蓝光，映照你洁白的面孔。冬天是令人伤感的季节，对于两个有家不想回的过年者。鞭炮未响，雾霾来临，霜又覆盖这座故城，是霜上加霜。

此时，东京的李清照和赵明诚，你们也正在哪一场冬天雪里向火？

2020.2

苏东坡习惯在哪条胡同里散步?

一个人不能同时踏入两条河流，
但是，可以同时踏入两条胡同。
——作者题记

凡有阳光的日子里，每天正午时分，东京胡同里都会躺着一个人晒暖儿，他们在信札交流里叫“坦腹负暄”。胡同里名人扎堆，大家散步时打照面，交流文艺创作体会。

王巩住在曹门外牛行巷，人称“牛行相君”。苏轼习惯散步到牛行巷，记载过“君知牛行相君宅，扣门巷，以巷名目之”。他后来在彭城，经常怀念东京散步的情景，还写了一首胡同题材的诗《送颜复兼寄王巩》:“君知牛行相君宅，扣门但觅王居士。”

一次正散步间，王巩拿出一沓诗稿让苏东坡看，说本诗作者一直想求教先生指导。苏东坡读后，说写得好。“如何是好？”“正是东京学究饮私酒，食瘴死牛肉，醉饱后所发者也。”

王巩大笑，眼泪都出来了。

苏轼便问作者是谁。王巩没说是谁，都知道是谁。说：咱往前继续走。

牛行巷快走到头了，王巩说：先生作文爱用佛书中语。

东坡笑问：你看出来啦？

王巩说：曾传到我这的《赤壁》词云："谈笑间，樯橹灰飞烟灭"。所谓灰飞烟灭，乃佛语也，《圆觉经》里"譬如钻火，两木相因，火出木尽，灰飞烟灭"。

东坡拍手笑道：下次给你抄一段。

东京的胡同都是相通的，没有一条死胡同。当年我陪母亲在开封住院，散步时听她说此一句，一直记着，大概是我姥爷当年串巷要饭谋生得到的地理生活经验。相当于口头东京指南。

东京胡同东西向的有：马行街、东鸡儿巷、西鸡儿巷、绣巷、旧曹门街、大货行街、小货行街、太庙街、杀猪巷、麦秸巷、录事巷、牛行巷。南北方向的街巷有：报慈寺街、御街、税务街、小甜水巷、第三甜水巷、第二甜水巷、第一甜水巷、赵十万宅路、枣家子巷、双龙巷。

苏东坡喜欢散步的胡同有东鸡儿巷、西鸡儿巷、第三甜水巷、杀猪巷。他喜欢在杀猪巷看屠夫拔鹌鹑毛。回家写一句"不如悬鹑百结，独坐负朝阳"。

许多年后的一个黄昏，我有过一次时光穿越，我在开封书店街拐弯处的月光里碰到苏东坡。那时候还没野心让他给我写序。古今大人物再乱都有心情，他哄我说：你讲一个后人关于东京胡同和我的故事，一定要往前讲，不要讲 1949 年以后的。

我凑了如下五条胡同。

挑筋胡同。宋隆兴元年，有来自波斯的犹太人居住于此，在此建挑筋教礼拜寺，绕寺建街，故称挑筋胡同。现在清真寺阿訇叫石艾西，我拜访过。

使驿路。专供传递公文者或来往官员途中歇宿换马处，因还招待朝贡的外宾，故名使驿站，民间叫小御巷，房价抬高主要原因是全城最大名人李师师居住在此巷。

前炒米胡同。《清明上河图》里那些卖茶汤者包括三位卖“饮子”者，都居于该街，且茶汤为炒米所制，故名炒米胡同。

绣球胡同。有两个传说：一是该街原住着赵太丞家，用抛绣球方式为其女择婿，故名。二是此处为苏府，院中有绣球花，苏小妹爱此花，凡来求婚者皆先以此花赋诗对答，最后让其兄定夺，该街后称绣球胡同。

胭脂河街。东京开脂粉店的张老实和爱女胭脂相依为命，勤俭度日。胭脂女一次提水时邂逅赶考徐公子，徐公子每天来店买一盒胭脂，走到桥头就把胭脂倒在河中。天长日久，河水泛起一层玫瑰色。“波光里的艳影，在我的心头荡漾。”徐公子和胭脂女心生爱慕，张老实托人说媒。成亲后金兵南侵，国难当头，夫从军出征。汴京失陷后，张老实病死，小店关门。胭脂思夫心切，以泪洗面，每天都向门前小河投一盒胭脂，河水又泛起玫瑰色，后人便把这条河叫胭脂河。

苏东坡问：后来呢？

我说后来完了。

苏东坡说：前三个有学术性，后两个可疑，咋觉得都像是你和宋学学会庞会长那厮，俩人一块胡编的？

我说自己一向格调不高，俗骨一直去不掉。有一事想问坡公……

他听后笑了，回答道：我在东京根本没房，一直在东鸡儿巷西鸡儿巷租房住。

坡公最后说：我和子由都交不起首付。作罢！

我没想到，多年后，一个梦促使我大胆托另一个梦求坡公作序。便有了后来的《白粥帖》。

2020.3.30

柳暗花明又一村

行

看宋朝人喂马

——听马牙咀嚼出来青铜之声

> 火伴你将料捞出来，冷水里拔著。等马大控一会，慢慢的喂著。初喂时，只将料水拌与他。到五更一发都与料吃。这般时，马们分外吃得饱。若是先与料时，那马只拣了料吃，将草都抛撒了。劳困里休饮水，等吃一和草时饮。咱们各自睡些个，轮著起来勤喂马。
>
> ——《老乞大》

黄昏掌灯时分，我开始引用高丽人写的《老乞大》一书。这书是“冷书”。我是做“清学”日课用的。

那一年夏天在延吉，公园路书摊上淘到这本书。当时跟随一个朝鲜族金姑娘下车，金姑娘热情，她交代我到延吉哪里好玩，哪里好吃。在延吉这座边城，她领我吃了一顿朝鲜打糕，又吃了一顿狗肉。我光着膀子在街头畅饮，对她说：你给我照张相，留下边城景象，是个纪念。

我一直存着《老乞大》，却不解书名。庞会长说，老乞大其实是“老契丹”音译。

读这类书需要“闲观”，有点像无聊时吃一把炒豆子。我是一个喜欢交天下着调的名士，读天下不着调闲书，看四边煞风景的无聊者。庞作道会长说：你研究宋学一定要看《老乞大》，写作年代大概在元末明初，作者也是高丽无聊文人。他在努力模仿宋朝人口气，显得“有腔调”，像河南人学说普通话，经常走调。

宋朝人是这样喂马的？

看后觉得咋和我姥爷喂马方式差不多？

在北中原马厩，姥爷对我说：喂头麸要先喂秆草骨碌，最后再撒料。秆草骨碌是指铡刀铡出来的三指长的玉米秆、谷子秆，牲口料多是麸皮、豌豆、碎玉米。好料放在最后。我姥爷说，不能光干活不吃，喂料不要亏待了哑巴牲口。就像待人不能亏待老实人。

宋朝喂马料多是喂麸皮，喂大豆，喂高粱。宋朝的马再有口福，也吃不上土豆、玉米，那些年中国农作物谱里还没有玉米。

喂好马就是喂好明天的道路，路程畅通。精心拌料近似扎实铺路。手法稳重，气息平坦。沙粒硌掉马牙将会影响蹄下路程。青年时代我写过马的诗，全诗失败，但留下一句自己比较满意，其曰“乡村的道路开始在马牙里缓慢地延伸”，评论家说是波德莱尔的象征手法，我其实想写的是，反对骑手在途中贪污马料。

宋朝的马在东京道路上最快时速一般三十公里，得是一匹上等好马，如蔡京之马，潘仁美之马，高俅之马，韩世忠之马。

一般马只能慢跑。赶牲口从事贩运的人，东京叫“驮脚”，北中原叫“拉脚”。都是掌握驾驭速度者。在那一棵大槐树下的修车铺里，就有两个修理速度者。

宋朝是一个重文轻武的时代，宋马略带有宋人风范。宋朝皇帝再特权，也没有公开杀过文人，没有逼人离婚上吊服药投湖。宣和院还流传有“踏花归来马蹄香”的案例，说是宋徽宗亲文的体现，亲自在美院全国招生时出的考题。这仅仅只是社会走漏的一道考题。

东京没有流行“飙马”一说，但有“艳惊”一说。如何艳惊？后面有“借马换驴”典故。

2016.6.2

夜眼晃动

——马腿上的细节

在张择端《清明上河图》里，我仔细看，一匹马腿上有一片墨黑。

接下来，在宋代画家李公麟的《五马图》上，马左腿上有一片墨黑。

宋代未名画家临摹张萱《虢国夫人游春图》里，马左腿上有一片墨黑。

马走到元代，画马名家任仁发《五王醉归图》里，马左腿上有一片墨黑。

那是“夜眼”。马、驴腿内侧皆有。

黎明去高平赶集的路上，我姥爷说过牲口都有夜眼，要是没有夜眼，它们都走不好路。夜眼除了照亮夜路，还有一种避妖驱邪的功能。妖怪远远看到会躲到路边。夜眼走过妖怪再出来。

回家后我还摸过我家驴子腿上那枚夜眼。夜眼是马的一盏袖珍版“马工小灯笼”。

在东京，宋代画家们商量好了，若画马，一定要有夜眼照亮。

到了明清画家笔下，那一枚夜眼消失，细节被忽略掉。明清画家不再商量“夜眼的问题”。不需要灯盏。可以说，明清以降，纸上那些走马全都是瞎马，不再照见路上的妖怪。

这痕迹有点近似说历史上大槐树下的迁民，小脚趾的指甲都是双瓣。

我属马，我右腿根上有一颗朱砂痣。我妈说，要是有一天我跑丢了，她就照腿上的朱砂痣去寻找。说得我哭了。

许多年后，妈妈果然把我丢了。

2022.6.6

附：

拾 遗

四百多年后，意大利画家郎世宁来到中国，近似最早的外籍教练，前来聘任挂职，专业负责圆明园洋楼设计。画画只是属于兼职。他看到中国画家马腿上没有夜眼，便加上。他用透视写实之法，但他的夜眼不避妖怪。

所谓“夜眼”，只是马皮退化的痕迹。夜眼的有无，符合科学，却失于艺术，躲避了妖怪。

草料袋子

厩马冬月合在槽枥秣饲，夏中即须有牧放处。

——《太平广记钞》

>>> 西域草料袋子 <<<

1994年，《诗刊》组织一次“保险杯”西域采风活动，保险公司全程负责吃住行。我首次来新疆，好不快活。在乌鲁木齐宴席上，手抓羊肉之后，开始闲扯淡。

诗人周涛讲一个阿凡提的笑话：

说两位哲学家正在争论一个哲学问题时，阿凡提闯了进来。其中一位说：有了，我们不妨来问阿凡提个难题吧！

可我只知道驴。另一位拘谨地说。

驴里头也有哲学呀！阿凡提听到后回应。

那好，阿凡提，请你回答我们一个问题，是先有驴还是先有草料袋？

这还用问，先有草料袋。阿凡提回答。

为什么？哲学家问。

阿凡提回答：一头驴可以认出一个草料袋，而一个草料袋却认不出一头驴！

>>> 童年的草料袋子 <<<

我不是驴，却也认识草料袋子。还有布袋子、牛皮袋子、麻袋子、蛇皮袋子、塑料袋子。

在北中原，我喜欢与厩棚为伍，马老六或“瞎八碗”他们游走到我们村里说过评书，评书里多次出现草料袋子。我关注过不同的草料袋子，像作家回忆里常说童年一样。我童年就关注草料袋子而不是作家。它们治愈了我的童年。

每次赶集前，我姥爷牵驴，我会先摸摸那驴背上的草料袋子。我猜想是黑豆？豌豆？玉米？麦子？像隔布袋摸猫一样亲切，也有点像现在年轻人喜欢的开盲盒。

赶集路上，姥爷说，赶集和上路打仗一样，如果是赶着驴，那草料袋子就关乎着赶集的结果。

>>> 历史的草料袋子 <<<

从《清明上河图》卷首开始，我是先从驴子讲述的。最早进入东京城的那五头毛驴蹄子踏霜，都带着故事，每一驴背上除了炭，都另外还有一个草料袋子。那里，装着路程上的生活，有自己的口粮，有主人的食浆。最后组成进城故事。

进东京置办物品的那位赶驴脚夫叫周桐子。他戴着一面斗笠，休息时不忘一遍一遍拌料。

他知道，一方粗布草料袋子是牲畜的命根子，袋子高约三尺，这一次生意亏赚全靠它。

布袋里面装着一路上的白霜、驴蹄声、驴铃铛声、驴喷嚏声。袋子巨大到四处延伸，还装满东京大大小小长长短短的胡同和道路。

周桐子低头，掏出草料袋子来喂驴。每次启程前第一件事就是把草料袋子装满，这一点在主人面前从不敢有闪失。怕误了袋子里的道路。

东京的驴子们都知道一种气息，只要草料袋子在，脚下的道路就会一直延伸，会有力量。走出城门，过封丘门，到金地，到辽地，到西夏，再到回鹘。路程再远也与一个草料袋子有关。

那一条官道上，草料袋子装着辽绢和西夏的瓜子，装着突厥的雀声。源源不断，来来往往。

>>> 自己是自己的草料袋子 <<<

画面上有牲口像为证：宋朝拉车拖运的牲畜主要是驴、骡、牛，很少有马。

沈括记载过牲畜拖运能力，“骆驼负三石，马、骡一石五斗，驴一石”。虽有言马及载量，但用之甚少。

牲畜运粮除了便捷，还有一个不可告驴的秘密。在战时军粮紧缺的情况下，可杀而食之。那一次韩琦率兵进攻西夏，令军队“粮道兼程”。有人提出疑问：粮道岂能兼程？韩琦说：吾已尽括关中之驴运粮，驴行速，可与兵相继也，万一深入而粮食尽，自可杀驴而食矣。

好一个“卸磨杀驴”。

这是一条多年心照不宣的军事秘密，大家都知道，但都不翻译给驴听。出发前连马都不告诉，唯恐马知道后又给驴说。驴子若知道，定要罢工，说：你个驴日的，你让马去踢西夏兵的狗蛋吧。

2017.6

徐玉诺的驴子

开封驴子协会的八千头里必当有一头驴子属诗人。

周桐子那一头驴托生了八十轮，生死转换，从宋朝到清朝到新中国，转化成河南诗人徐玉诺牵引的那一头。徐玉诺在家饲养毛驴，视为家珍，一天，正在学校教学，忽然想念起家中毛驴，急急让家人送到学校，以后常邀学校教授们来观赏评判。

这头毛驴干瘦毛秃，大家觉得并无特别之处。徐玉诺便不高兴，他认为那是“牲畜中独一无二的英物”。

他觉得毛驴不能闲置，应当做工，便买来石磨，代人磨面碾米，分文不取，只为毛驴有工可做。徐玉诺到开封文联还骑着驴，参加省人代会时还顺手牵一只羊。

喜欢驴之后，又喜欢做衣服，最喜做西服。写信到伦敦、巴黎及国内各西服店，订购机器和样品，用本地粗布先裁剪试做。等衣服做得像点样了，开始营业，客户多为同事和学生。做衣服时，或领子开大，或裤裆做小，结果多是赔布另做。一件衣服往往要做好几遍才成，偶尔做好一件，客户一夸奖，他一高兴，马上免除工钱。

诗人痖弦从台湾来河南时，给我讲过徐玉诺逸事。和徐玉诺在开封共过事的南丁先生，给我讲过徐玉诺逸事。这都是许多年后的故事。

话说在开封，一天，我在龙亭前古玩城闲逛荡，书摊上看到一本《将来之花园》，1922 年商务印书馆出版。像一座荒芜的花园。我漫不经心地问：这本多少钱？摊主说：两百。我马上窃喜有漏可捡。古玩城有个规矩，不论多少，一定要砍价，不为银子，只为的双方心里平衡。摊主说：便宜你二十。

他不知道徐玉诺。

一百八十对我依然是大钱。尴尬后我说稍等，急忙找裴苏子借钱。大白天他正在麻将桌上繁忙。刚好赢了一把。他掀开桌布，说：你看着随便捏吧。

我看着就捏，捏后跑到古玩城。徐先生的《将来之花园》还在地摊上静静躺着。像一座荒芜的花园。

李白凤说过，鲁迅先生当年要给徐玉诺写序，徐玉诺谢绝了。

这还算有一点 1949 年以前河南大学文人的脾气。正是冲着这点，我特意到鲁山县徐营村徐玉诺的故居去了一趟。看到门口侧匾是南丁先生写的。我对诗人说，应该把这匾挂上，当正匾。

2022.6

胡椒之后的大声咳嗽

——辣椒的行走路线图

口头禅就是一个人的“语言匾”。

宋人口头禅是“口中淡出鸟来”，实际口中无鸟，却会生辣。宋人没吃过辣椒，宋人悬挂的辣是胡椒辣、麻椒辣、花椒辣。胡椒辣感觉钝，是辛；辣椒辣锋利，叫辣。

宋朝胡椒产自爪哇，在今天印尼一带。2019 年 7 月，我在印尼苏门答腊的顺兴岛，夜里住在岛上，海风阵阵，听养鲹专家蔡文雄先生闲聊起胡椒来。

他毕业于日本海洋大学，研究过防腐。他说，胡椒最早是人们涂抹在肉上防止腐烂的，欧洲人把胡椒当成上流社会不可缺少的香料。所谓胡椒路线，是阿拉伯人从印度进口，运到埃及，在金字塔下批发给意大利人，意大利人转运至威尼斯，在水城继续批发，由各地零售商转到消费者手里。从此，欧洲贵族们开始口含胡椒，思考艺术。

宋朝胡椒路线的源头则是南洋，自暹罗、苏门答腊岛、真腊、安南、爪哇、三佛齐、苏禄等地。我在泉州海外交通史博物馆看到一把宋朝的黑胡椒，像瞌睡的大蚂蚁，介绍文字是“出水时共有334克，每枚直径4毫米，颜色一般呈现棕黑色，颗粒大致尚完好，一部分肉腐壳存”。

宋朝贸易战略里，朝廷禁止民间贩卖的禁物有：玳瑁、象牙、犀角、珊瑚、乳香、胡椒。

明以前中国一直流行胡椒，胡椒能当现金当支票使用。中国反腐史里，唐朝宰相元载被抄家时搜出八百石胡椒。唐朝胡椒和黄金价同，相当于六十四吨黄金的价钱。清以前的贪官用的都是笨法，我称“贪物内流”，类似给皇家当保管员，如果“贪物外流”，皇家是管不住的。

西门庆手中至少掌握八十斤胡椒，《金瓶梅》中李瓶儿说：“奴这床后茶叶箱里，还藏着四十斤沉香、二百斤白蜡、两罐子水银、八十斤胡椒，你明日都搬出来，替我卖了银子，凑着你盖房子使。”

白胡椒温胃黑胡椒补肾，西门庆的八十斤应该是黑胡椒。

辛辣“储存”过多除了会引起抄家之外还可伤身诱发痔疮。苏东坡写胡椒诗：“贪人无饥饱，胡椒亦求多。”槐花有对付痔疮的功效，以此揣测宋代得痔的诗人有苏东坡、梅尧臣，梅写过槐花诗“六月御沟驰道间，青槐花上夏云山”。苏东坡有“细细槐花暖欲零”句。我得痔疮时主要服同仁堂“槐角丸”，里面有槐花，凉血止血，以槐花捉拿痔疮。

除了学习苏东坡文章，我还学习苏东坡得痔疮。苏轼的痔疮比我的顽固，《与程正辅书》里透露得痔的烦恼“某旧苦痔疾，盖二十一年矣。近日忽大作，百药不效，虽知不能为甚害，然痛楚无聊两月余，颇亦难当”。料这二十多年里，很多次和他吃胡椒有关。

辣椒到明朝才普及中国人的餐桌，辣椒到中国有三条路线：墨西哥到浙江，荷兰到台湾，朝鲜到东北。红尘滚滚，明人比宋人得痔比例高，和辣味丰富有关。高启《萱草》诗：“幽华独殿众芳红，临砌亭亭发几丛。乱叶离披经宿雨，纤茎窈窕擢熏风。佳人作佩频朝采，倦蝶寻香几处通。最爱看来忧尽解，不须更酿酒多功。”萱草根有凉血之功，止血消炎治痔。可推断高诗人也有痔。明朝首辅张居正死于痔疮，死前频用“枯痔散”，然后“脾胃虚弱，不思饮食，四肢无力，寸步难移”。从蝴蝶效应上可以推断，明朝虽大，亡于痔疮。

在东京，一般食店使用麻椒、花椒。孙羊店家刚使用胡椒，夺人口味。赵太丞家使用胡椒，让人气通，于是，马和人都大声咳嗽。

胡椒在暗处行走。街上晃动着许多背袋子者，里面啥都有，其中一个行者，布袋里背着蓝色的胡椒。

这时，苏门答腊的海风吹到了东京。那年苏门答腊还叫爪哇，属大宋藩国，负责胡椒和咳嗽之间的问题。

那年我在开封患风寒，为省钱没舍得去医院。白橙知道后，给我煮了三钱胡椒水。

2020.4.8　郑州

骆驼白鼻子

以下为樊楼文艺晚会上开封诗人裴苏子朗诵的一首纪实诗：

天下骆驼不一定是白鼻子，但白骆驼一定是白鼻子。

世上没有黑骆驼白鼻子，没有白骆驼黑鼻子，没有蓝骆驼白鼻子。

传说吴道子言：白加黑会使颜色更白。这像辩证法不像骆驼论。

白鼻子骆驼出白汗。红鼻子骆驼出红汗。黑鼻子骆驼出黑汗。

进入东京城门一共是108匹骆驼，无穷庞大的骆驼队来自西夏或回鹘。

城门外面露出的四匹是红骆驼，出城门的是

一匹红骆驼。

城门里面隐住的是104匹骆驼。它们都是白鼻子骆驼。

画家作以暗示，在看不见的地方幻想着巨大的隐藏。

譬如青砖藏着火焰。譬如秋霜藏着咳嗽。朱砂里藏着蝙蝠。

骆驼蹄藏着明月。它们喷吐唾沫发酵，激荡出白色的声音。

贯穿白鼻子骆驼的缰绳在丈量着东京的城墙。宝筏金绳。

一条缰绳是支撑骆驼的脊柱，营造一条涌动暗流的山脉。

附：

寓言：骆驼鼻子法则第一则

孙羊店前面听评书者言：

骆驼的鼻子里可能藏着一个巨大的密封蜡丸，装着东京城里朝廷中央级别的高级情报。而他，只是为了延长评书的时间。近似当代作家卖肉注水。

附：

寓言：骆驼鼻子法则第二则

那一位站在孙羊店前听评书的波斯客人言：

漫漫路途中，一天冬夜长。话说这时辰鸡鸭回笼，猪狗入圈，男女下榻，一名黑衣大食人的骆驼觉得鼻子冷，请求主人将鼻子放到帐篷里，主人答应了。过了一会儿，骆驼又请求把耳朵放进来，主人又答应了。再过了一会儿，骆驼请求把头放进来，主人答应了。再过了一会儿，骆驼请求把前脚掌放进来，主人也答应了……

最后，整个骆驼钻进来。

帐篷答应了。

它把主人赶到帐篷外。

主人死了，连两只真皮靴子也都在外冻死。

2015.1.1

牵骆驼的人

——中国画人物用散透法

>>> 乡村骆驼 <<<

骆驼拥有一双美目，清澈，深邃，温润，还有寥廓里的局部忧伤。任何动物都没有那种目光，那就是驼目，漠中之泉。是我在敦煌看到一弯月牙泉的感觉。

改革开放初期，东风吹遍各个角落，农民企业家崔天财趁着时代的东风，餐饮、养殖、种植、建筑都干过，还做过起重机械生意。后来外地客户欠账，有的公司人去楼空，有的公司破产赖账，崔天财不惧，亲自出马要账，三百家欠账户有钱要钱，无钱要物，猫拿耗子一个不少。他说：毛主席说过，世界上就怕认真二字，我老崔要的就是认真。这一次，他远到兰州要账还抵来一匹骆驼。

进村他就解释，这家是皮包公司，骆驼再不牵来，恐怕连老鼠都没有了。

那峰西域的骆驼站在企业家身后一言不发。口嚼白沫，一如吟诗。

北中原孩子们只见过门口拴的驴、马、牛、骡诸物，骆驼只在课本寓言里出现过。农民企业家像牵来一位外星人，村里除了我二大爷等极少数人，过去从来没见过骆驼。我虽说眼界开阔，也是第一次见到。

骆驼来到村后的日子里，人和树木都显得兴奋，开始和崔天财他媳妇开玩笑：嫂子，见过骆驼吗？骆驼的可大啊？崔夫人知道所指，反应灵敏，说：还没你娘的头大。

那一匹骆驼来到北中原，开始水土不服，整日卧在地头，一如思乡。半年里，它双目眯缝，看我村人民春播秋收，默默流泪。胡超白为此写过一诗《戈壁之舟》，记得有两句是："情系故乡狼烟，思念大漠落日。"

我鼓动老崔把骆驼送到县政府人民公园，他说县政府那些自私的家伙会把骆驼饿死。又喂一年。等后来我再看到那峰骆驼时，它早已秃顶，像一位昆仑山下来的哲人。再后来，秃顶骆驼被送给扁一刀，某一天，被不明就里地杀掉，死骆驼当驴肉卖了，把肉掺和到里面。剩下一锅骆驼汤。

前街姓杨的一干人吃后说不好吃，肉松，不筋道，口感差，像嚼棉花。

在北中原，它填补了畜类空白，这是光临村史的第一匹骆驼。在夕阳西下的村口，背景是红的，驼峰像立起的两座山。

三十年过去，我觉得那匹骆驼一直在村口嚼白沫，喷吐冲刷着树木。

>>> 波斯骆驼 <<<

我开始写作时，受那一匹骆驼启发暗示。

多年里，我制造成吨文字垃圾，业余制造，专业加工。一直有一个“长着一脸络腮胡子像鞋刷子头发像一丛风中荒草的人”在我文字里出现，走动，生活，身影笼罩，无处不在，像北中原的大仙或神灵。他头碰撞着名词，腿敲着动词，目灌注着形容词。他见过火热政坛上那一枚蜡制的芒果，还对我父亲泄露过芒果不可语人的机密。他让我的文字口吐莲花，情节绝处逢生。每当我黔驴技穷时就捯饬一番，急急拉出他来，用于灭火救急。像卡夫卡的那一匹马。

那人简直是“文学透”。

他对我说：你写的好看，再写，就是阿拉伯里的“玛卡梅”。

我一头雾水，还不知道阿拉伯里何谓“玛卡梅”。

有一年半夜，在梦里被他喊醒，他问我有火柴没有。我平时抽烟只用打火机，装汽油的老式那种。他把打火机在手里甩了甩，让汽油沉落，点亮一盏多年弃之不用的煤油灯。灯光里，开始给我表演一只山羊从针眼里穿过去的游戏。我揉揉眼睛，那一只山羊真是穿过去了。留下一屋淡淡膻气。我眼见为虚，心里明明知道这是魔术或幻术。

他说：再给你弄个大的吧。接着，开始表演一匹骆驼从针眼里如何穿过。我早已困得睁不开眼睛了，蒙眬里，眼皮下坠，早已没有精力看那一匹骆驼如何行走。

天还没亮就告别，从此不再见到这个奇人，他也从针眼里穿过去了。

四十年后，我戴着老崔为我特制的一顶“作家帽”，在开封参加首届国际宋朝文化研讨会，声势浩大，规模隆重。市政府和国家电力公司担保，从故宫借来那一幅《清明上河图》真迹，由会长庞作道先生亲自出场作法，他戴一双白手套，服务小姐戴一双白手套，两双白手套一前一后，莲花交错，给大家徐徐展开。伟大的艺术啊也在徐徐展开。

中午 12 点，在结尾处，我看到北城门处有一个拉骆驼的人，庞会长说，这是唯一的波斯来人，我觉得熟悉，拿放大镜细细来看。

老天爷啊！画上就是那个人的模样，他有穿越针眼的本领。他原是宋朝一个牵骆驼的人，不过是从这幅长卷里偶然出来活动一下筋骨，练八段锦。他陪我玩了一次穿针的行为艺术，现在又返回画里，重新抓住那一条缰绳。

他牵着一匹骆驼在画里行走。城门在后，骆驼在前，一条缰绳永远悬在中间。

到了20世纪90年代，在开封第三届“《清明上河图》国际研讨会”上，他竟能天降般闯来参加会议，肩扛一条不明就里的布袋……这虚构的节外生枝，像冯振华从新闻部门改行后写的穿越小说，巧合得胜似胡编，你信也得信，不信也得信，信了也不信，像此时读到我写的文字，荒诞却还得读下去。像庞会长讲的那个《牵骆驼的故事》。

2013.10.29

附：

杀骆驼的方式

村里那一匹西域来的骆驼，是被扁一刀亲手宰的。

那天，老崔派六个人专门把骆驼从公司牵到屠宰场。扁一刀喝醉酒，在四楼上酣睡，把杀骆驼的事忘了，杨会计专门上楼去喊醒。扁一刀从四楼下来，站定之后，揉揉眼，说：我没有杀过骆驼，不知道咋杀法。

骆驼既然牵来就不能牵回，老崔交代今天非要杀掉骆驼。扁一刀决定动手杀骆驼时，才想起平时工作的那把刀子忘在四楼上了。世上没有人递刀子，屠夫就没法进行宰杀。

大家最后还是决定杀骆驼。

扁一刀只好领着六个人，把骆驼吃力地抬到四楼上，然后才把骆驼杀了。

2022.5.15

五匹马

——从一千年前进入东京的那些马说起

>>> 第一匹马·受惊 <<<

严格说，只是半匹马，因为就剩下了马屁股。

这仅存的屁股后来也被北京故宫的专家修画时删掉了。他们不承认是毁画，说那只是一块多余的破绢。有专家辩论道，半匹马其实在明代就毁掉了。我看到据说临摹得最好的吴子玉本《清明上河图》，里面根本就没有这一匹。

和牛肉相比，马肉粗糙，价格不贵，可你千万不要小觑这半匹马。

没有它，一千多年前开封市郊的一个惊险镜头就不成立，精彩就要大打折扣。读画时注意，前面一位老爷子在急急招呼玩耍的孙子像是要躲避惊马。不远拐弯处，有一匹漂亮的小母驴，搔首弄姿，焦躁不安，它跺着蹄子，尘烟四起。在北中原，马和驴可以有爱情故事，它俩交配的结晶叫骡子。故半匹惊马是奔驴而来的。

删掉的这一匹不会是牛。因为柳树下卧着的两头牛无动于衷，毫无表情。牛在反刍，我们乡下称作“倒沫”。

我一直把《清明上河图》当作一部长篇小说细细来读，睡觉前读几个人物消遣，醒来后揣摩一下他们的关系，夜半撒尿再读，常读常新，细微之处妙不可言。一生如此打发尽去也不失诗意。

这是一匹因爱受惊的马，没有了这匹马，这部小说的开始在情节上不成立，就不能算是一种进入东京的最好方式。

>>> 第二匹马·窄门 <<<

虹桥是全画的高潮。桥上有两匹马。看外貌，骑马的是官二代，哥俩。我只说前面的那一匹马。牵马的两个打手赤膊露肩，呈嚣张貌。“闪开！闪开！没看赵大老爷要过桥办公务吗？”情景颇让今人感觉熟悉。

恰好迎面碰到一位坐轿子过桥的知识分子，双方的下人互不相让。路人吓得纷纷躲闪。我姥爷过去对我说过：“人多的地方你就不要去。”我便躲在桥栏杆一边看画。果然是那文人争不过军官。这叫“秀才遇到兵，有理说不清”。

宋代缺马，主要因为重文抑武的风气，加上好马出产地多为西夏、辽这些敌对国，辽国的马和羊还不许出境。宋代国家设养马场，民间不许养马。马就极少。我还点数统计过：走动在《清明上河图》里的驴子 46 头，马 14 匹，其他疑似骡子 6 头，牛 11 头，猪 7 头，骆驼 4 匹（因城墙遮蔽，不止此数）。我把畜生们对比一下得出结论：宋代驴子最多，文人出门办事一般多骑驴子。还有诗为证："细雨骑驴入剑门"。诗人没有说骑马骑骆驼入剑门。

上帝在西方说：你们要走窄门。

东方宋朝的马在走窄门。

>>> 第三匹马·悠闲 <<<

下了桥直走就是一座"脚店"，店前面，一匹马低着头，正在无聊地甩着尾巴。马蝇太小，张择端没有画上，也许画上了，我们没有看见。

店的门面头上书有"天之美禄"，称誉好酒，相当于现在央视的酒广告。《后汉书·食货志》语："酒者，天之美禄。"脚店是供人临时歇脚的小客店，孟元老《东京梦华录》语："其正酒店户，见脚店三两次打酒，便敢借与三五百两银器。"

马主人正在脚店楼上约会朋友，会谈内容不详，可以尽情去猜。马缰绳拴在一根明柱上，马夫坐在栅栏里打瞌睡。店小二一路高叫，端着托盘往二楼上菜。满盘皆是豫菜。菜香飘来，瞌睡的马夫吸溜一下鼻子再睡不着了。

马旁边的店小二回头说：“官人，给你端一碗豆腐脑吧？账记到大官人单子上，可一发来算。”张择端的画里有话。

脚店近似东京的一种快捷宾馆，出了城门右拐，那家“正店”才算高档，近似现在的五星级宾馆，插花挂灯笼，红漆明柱。京城官员可长期租赁办公，外地可设驻京办事处，官员富商可包二奶。宋朝最大的好处：且无录像。

>>> 第四匹马·背影 <<<

喝一杯“香饮子”（这是一种近似“王老吉”的凉茶）吧，润喉之后，让我们在东京路上继续往前走。

越过五匹不太好描述的马，再过一个十字路口，你只要不修面（那样耽误时间），肯定就能见到这匹马。

这是一匹只给观众留下背影的马。

主人拿着扇子——团扇。一边有一个仆人牵着马。

《清明上河图》里有几个拿扇子的细节，有赤膊的细节，有穿短裤的细节。而1000年前的开封天气应比现在寒冷，这证明画里的季节不是清明节前后，《清明上河图》实际有“政治清明”之寓意。

那一骑马人是新党还是旧党？那一骑马人是王安石还是苏东坡？哪一匹马“念去去，千里烟波”？

我未知。张择端知。他在人流里转身。

>>> 第五匹马·咳嗽 <<<

《清明上河图》眼看就要到达尾声收卷了，这时，出现最后一匹马，它迎头而来。

一人骑在马上。前面两个卫士挽着马嚼子。后面一位扛着一物，像是一把牛肉摊上撑的大油伞，但我推断是一把未入库的大刀，马上之人该是位着素装的军官。马后面紧跟一位挑着重担的挑夫。前后一行，是一个团队。

这位宋代军官在东京街头近似招摇，要赴宴？要写书法？要出游？要为老丈人过生日送生辰纲？有多种可能，但可以肯定，他不是外出进行一次军事训练的。

我就开始胡想，军人若在军队贪老虎的指挥下打仗将会怎样？军队腐败，买出来的官肯定不想去西夏。近年我们北中原坊间有一传闻，说在一犯事的将军家中缴获数万件茅台酒，近似唐代宰相元载家里起获的60吨胡椒。

宋代的马都不吃胡椒，它们吃后会一起大声咳嗽。

2024.4 又补

玩

乱花渐欲迷人眼

什么叫“中隐”

——一种定义

一句流行语是“大隐隐于朝，小隐隐于野”。“中隐”学术里则待定。

隐于朝，对绝大多数人来说是没机会没权利的，不是官员没资格说“朝”只能扯上“巢”。隐于野，多是远离故乡的游子，没巢没乡村别墅没宅基地就没资格说“野”，野所指的是隐在生计中活着的芸芸众生。

“中隐”机动性相应要多几条。中隐有选择性。或隐于药厨或隐于浴池或隐于麻将或隐于雪茄或隐于酒盅或隐于茶壶或隐于挖耳勺或隐于炒菜锅或隐于太极拳，属广义上的中隐。1 和 -1 间的 0 也归于中隐，属狭义上的中隐。

一个文人最好的方式是“中隐”，活着能隐于砚池，隐于线条和颜色。在一方浅浅的砚池里，隐于中锋隐于天青隐于片刻的温暖和喘息，把颜色调准确才是一生的使命。我也一直想当中隐，缩在砚池里不出来，免得误入桃花源。

那年，县里一得势官员对别人评价我的价值，说我：他一个区区小鸡巴画家，就会画个公鸡毛驴。还是同学嘞，见我连招呼也不打，分明看不起我这堂堂县级领导。

县级领导哪里知道，我那次全是因为一个月没吃过大肉，贪嘴吃多内急，见他那时正急着找厕所去拉掉那一泡稀屎。肠里只有屎，眼里根本没有级别。

还说那一夜月光里，正在创作的张择端跳出砚台。面对那一团游走的黑夜，他发声一喊：是谁？有种的你敢大声咳嗽一声？

2022.6.9

神的布袋
——专家的讲述

我二大爷说过一句话：东京一半政府官员脑子灌屎了。这是变相说，还有一半没有灌屎。好像马克·吐温有类似的骂法。那是马克·吐温学我二大爷的。我受的启发是“高人皆相通”。

政府官员一直说要改善人民生计，改善这么多年了，南辕北辙，这么多年里，除了东京提刑司抓出几个贪吃小鸡的官员外，没有其他收获，鸡骨头鱼骨头一旦进猫肚里就变成屎吐不出来了。最后猫也被狗抓了。

听后我反驳：东京一直好得很！像日报说的，年年是大好不是小好。

二大爷说，你个书呆子懂个屌！官员和你交往都是利用你的虚名，让你围着转，给他们美言，助阵，不信你找个口头爱谈文化的官员办个实在事看看？

我听出来了，二大爷说的也就是鲁迅说过的“帮闲”。

二大爷进一步说，官场上再号称有文化情怀的官也都是为了当官。官最终想的啥？是欲望和贪婪，千里来做官为了吃喝穿，是想当更大官，捞更多的钱。只是彰显和隐藏的不同，凡当官者皆不可信。他说得我哑口无言，尽管说得有点绝对，看来我还是安心写自己的字保险。

话说到千禧年，东京为打造中国八大古都旅游品牌，每年组织一次“《清明上河图》国际研讨会”。庞会长说世间已有“红学”，要打造一个“清学”，就是“《清明上河图》之学”。我也属于地方名人，共参加过三次宋学国际研讨会。会议内容第一届甘如佳酿，如饮“冰糖春”。第二届味同嚼蜡，像发疟疾。只有每次赠送的汴绣不错。汴绣有催眠功效，让我每次入会都有瞌睡可打。第三届颇有收获，那天眼睛一亮，双眼眵目糊顿时皆散。我看到了“他”。

在“东京丽景国际饭店”，专家们处于争论高潮，高潮里，我感觉门外有风，进来一人，竟是那个“一个长着一脸络腮胡子像鞋刷子头发像一丛风中荒草的人”。

我吃一惊，脑子进水，有点穿越。这不是那谁、谁吗？

“那谁”带着一股龙亭前潘杨湖里水草的气息而来。

他会意地看我一眼，微微一笑。意思只有我俩知而他人不知。不慌不忙，他把肩上布袋放下，拉把椅子坐下。

他从布袋里先倒出来一个手卷，铺在桌子上，一如展开东京一条白色胡同，这才从布袋里掏出来房子、道路、凉棚、油伞、木车、猪驴、牛马、僧侣、贩卒、游客、中药、酒帘、水井、匾额、井绳，又掏出一些柳树、河流、城门，甚至掏出来看守者的哈欠和瞌睡，最后，才掏出来五匹高大的骆驼。

像玩魔术一般，镜头显得慌乱而丰富，事情有点突兀。接着见他把布袋一收，放出来的那些物器人员开始在纸上走动起来，一一归位，排列成和《清明上河图》一样的格式。人物、动物、器物都在行动。只听噗嗒一声，掉落一坨骆驼屎了。

我2009年在台北故宫博物院看过电子版《清明上河图》，上面人物会动。可眼前的景象像我小时候跟着姥爷到浚县大伾山赶庙会，往事再现。这人有妖法，在演出一场北中原皮影戏。

我算大开眼界，惊叹一声：神了，世上竟有这样的《清明上河图》专家？！是专家吗？分明是妖怪！他白了一眼在座的一圈评论家。

骆驼在走动。一屋子呼吸。在座者谁也没见过这样一幅活的《清明上河图》。

第三届"宋学研讨会"会期一共三天，会上他算抢了"会眼"。到11点了，我悄声对他说要留人吃饭，他低声说不在宾馆吃，要去东寺门喝马明山家的羊肉汤。到12点整，见他伸开布袋，把这些人物收起来，我看到他有次序地开始折叠河流，折叠船帆，折叠青瓦，折叠柳树，折叠骆驼。最后，一一装在里面，提起布袋还顿了顿。

我试着提了一下布袋，很轻，就说了一句庞会长不喜欢的话：像装着研讨会上无关紧要的学术报告。他龇牙一笑，在布袋口扎一条麻绳，扛在肩头，大家还没转过神来，他已经快步出门。

那股水草气息马上消失。大家连鼓掌礼节都忘了。

我急忙出门去撵。他脚下生风。在拐弯处，见一位戴蓝帽子的卖豌豆糕者，我比划问：见到这个样子的人吗？

你是说那个一脸胡子的吗？他努努嘴，意思是往马道街的方向去了。

2017.5.18

撑开四十二把伞

——雨具七段

掌管着风雨的卖伞人，你能期待着他会让雨停下来吗？

——题记

>>> 1 <<<

人世间，伞是一种“结缘道器”。

不同空间的俩人，如白娘子和戴望舒都深有体会地说过：世上一场姻缘，全靠雨珠撮合。有时一次苍茫的人生，有时一场盛大的爱情，往往是从一柄雨伞开始，再收柄，结束。一地雨水。

一场雨下来了，落在伞上的第一颗雨滴最大。恍惚里，像樱桃丸子，像东方之珠，像情人之泪，五十年不干涸。

东京的那位“嘞大爷”说过，1942 年开封城外，黄河两岸干旱，大河冒烟，万民期盼老天爷降霖，盼了一年，在正月初一里，才下来一颗冰雹样的雨滴，落下来是鸡蛋大小，最后还卡在河滩的裂缝里。一个孩子好奇，可怎么用手抠也抠不出来。

干旱日子里，开封城全年都不用伞。由于纬度不同，白娘子的故事只能在杭州出现不能是汴州。“直把杭州作汴州”说的只是喝酒不是下雨。

>>> 2 <<<

伞的功能是彰显或隐藏，用于遮盖，用于标志，用于广告。在《清明上河图》的街道上，细细一数，大大小小一共四十二把伞。包括撑起的和未撑起的、半开半合的。

查伞花费的气力大于撑伞的力量。东京街上的伞，据质地可分布伞、油伞（油伞是纸伞的另一种递进）。伞是一座城市的小面孔。面对敏感事件，东京城多打伞状马赛克一般地来遮掩。

>>> 3 <<<

二十年前一个暮冬，春节前夕，我们在小巷穿梭，是导演又是演员，一部黑白故事影片从此开演，时间在风中刺刺啦啦响。最后，镜头在一家朴素的饭店定格，里面炉火升腾，木凳纵横，一辆小红木车立在门外。在一方油伞下，那卖牛肉者不慌不忙，在细细切肉，他不是宋朝的镇关西，也不是我村的扁一刀，是一位“蓝帽”朋友，给我讲过他祖父口传的犹太故事。

夕阳西下，阳光打在油伞上，光线又透落到牛肉上，色泽愈发红。

>>> 4 <<<

天下好牛肉摊位要配一把红油伞。

天下好牛肉细切后要配一方白盘子。

天下有情人要打一把伞，披两方带花的床单子。

“分散”就是“分伞”。

>>> 5 <<<

伞最早可追溯到春秋时代，开始不作雨具使用，是身份的展示，皇帝出行时宝伞作陪，近似昔日骑宝马，今日开“宝马”。伞的繁体字是“傘”，下面要罩着四到五人，可见一柄伞空间之大。

伞到宋代才流行作雨具。

现在伞小，罩一个人，故简化为“伞”。两个人同在一伞之下是要淋湿肩头的，需紧紧挤在一起。二人打一把伞，若不是紧张时刻，伞下人物不是父女就是母子，要么是夫妻。

>>> 6 <<<

一个雨日，我在东区商务外环一家报亭前借势摆摊，兜售我三十年前在兰考印刷厂私自印刷的《中原抒情诗》。三十年前，我花钱买虚荣。庞会长嘲笑我，说一位诗人私印一千本诗集，卖三十年还没卖完，可见是个“何等质量的诗人”。

我说卖诗集不是为钱是为了寻找记忆。庞会长说：有点扯淡啦。

第二天，我看到一个游人擎一把连体伞，长方形，可供二人使用。我首次见到这样的妙伞，问哪里买的。那人说：我常年在这卖伞，卖了三十年。这把伞现在就卖，你要吗？

我说：伞面太大，我就一个人。

看着卖伞人递给旁边匆忙的情侣。

小雨在下，我叹息自己人生的雨季早已过去。

>>> 7 <<<

雨没停。撤书摊前我还是要买一把伞。

卖伞者说：我不收你钱，用一本诗集交换吧。十二个小时后，我搭配送你一个和伞有关的梦。

听这口气，这卖伞人不是神经病就是妖怪。我买伞相当于花钱买梦。

胡半仙在村里说过，一个人凡做和伞有关的梦，不管白天黑夜，都是期待嘉事。

十二小时后，果然我期待的梦来了。

在相国寺前那一条小巷，依然如第一次来东京时的场景片段，穿梭的自行车把上长满青苔。小巷依次分岔，人来人往，走成古人，让我怅然。前面一个打伞者慢慢在走，背影陌生又熟悉，如多年里一直在寻找的那个人。我骤然心动。

伞微微倾斜，我在后面喊一声，执伞者回首。

我吃一惊：咋会是你啊？

为何不会是我？像那年在相国寺拐弯处。

2017.6.2

东京的工具

——一些零碎的摆设

>>> 剃刀 <<<

相国寺十字街头有一个专业刮胡子的摊位。

专业理发匠这种职业最早出现在汉代，理发有一特殊称呼，叫“待诏”。宋代东京城里有“净发社”，专门剃头。理发师崇拜的祖师爷是吕洞宾。

东京理发吉日是新年二月二，这一天龙抬头，全天理发要多加一倍的钱。

北中原有一谣：“正月不剃头，剃头死舅舅。”北中原的外甥们到这一天都“护头”。有的外甥会借势，在这一天找舅舅借钱，讹诈舅舅。

>>> 两年后的剃刀 <<<

在穿过一群骆驼的城北门边的西南角，支有一方芦棚，下面罩着他关于爽快的记忆。闭上眼，洗完脸，敷上热巾，便有嗞嗞的刮刀声了，然后是一身轻松。他几乎是一月来一次。

偌大东京，他最熟悉这一方修面的摊位。钢铁和皮肉之间的接触，更多靠手指巧妙的躲闪，舒适度不可传授。在东京人的习惯里，理发和吃饭一样，让人有点守旧和认人，类似狗恋旧窝。

一把剃刀生锈了，挂在墙上，如相国寺里一枚长长的皂角果实垂落，风吹不动。

店面里，一位归来者头发凌乱，形状若扇子，像人中的戴胜鸟，脚上带有泥和霜。那带霜者敲门而来，躺下来理发。

罗师傅呢？来者问。

客官，你是找我阿爹吗？掌门的后生一脸惊奇。

是过去常给我剃头那师傅，下巴有一颗大黑痦子。

那就是我爹。他不在了。停一下，后生又说：这么说，客官恐怕两年没来剃头了吧？

洒家发配了两年，刚从沧州回东京。

阿爹死两年了。

嘴巴一颤。险些被刀刮破。

>>> 案头算盘 <<<

我当过乡村信贷员、乡村出纳、乡村会计，爱屋及乌，养成收藏算盘的癖好，至今收藏有五十把，有我使用过的，有我父亲使用过的，有我姥爷使用过的，有大队记工员使用过的。庞会长考证，最珍贵的是其中那把祖冲之使用过的。

在“清学研讨会”上，我打开画卷，从形状上能判断那是一把九档算盘。算珠子上沾染着中药香气。

城门瞌睡了，主人醒着。主人瞌睡了，算盘醒着。全东京每一块城墙砖头都瞌睡了算盘也是清醒的，不然何止京城，连天下江山都会是一本糊涂账。

算盘是檀木做的，一个珠子一个珠子连在一起，如挤在一起取暖。即使檀木算珠深夜睡着，也是有顺序地睡着，它们不忘自己的职业身份。东京所有商人的盈利心思在一天十二时辰里都醒着，在骨子里分斤较两。

有点吊诡。那一把九档算盘，上面一档竟只有一个珠子。不只计利，更用于计算一生时光。

>>> 酒帘子 <<<

京城的街道楼台，外观丰富到略显零乱。皇上多喜欢繁荣景象，喜欢盛大，喜欢热闹，喜欢感叹号，喜欢接待番邦外宾，喜欢对大理、爪哇或暹罗的进贡者不时地宣扬昌盛和繁荣，喜欢四方朝圣。由此便促生出许多有序的标志，酒帘子算之一。

酒帘子一多逐渐影响市容城貌。

千篇一律的形式，遮盖着千变万化的内容，摇动的都是风云江湖的传奇，当天新闻和去年轶事都在酒帘上衔接得天衣无缝，垂落下来长短不一的故事。

它在僧侣、走卒、遣犯、娼妓、兵士、书生的记忆里悬挂，每个人都有属于自己的那一方两面经雨的帘子。返乡人最喜欢见到故乡的象征。“挑着一面招旗在门前，上头写着五个字道：三碗不过冈。”归来的行者看到故乡朴素的招旗，近乡情更怯，才会把哨棒倚了，安心吃酒。有时吃酒前，也会忽然想起京城那一面酒帘。

夕阳西下，京城酒帘在摇晃，上面缀满的流苏正在碎银的光辉里垂落下来。国事变幻，酒帘落下又升，朝廷变个颜色，酒帘一直存在。

>>> 便面 <<<

扇子除纳凉扇风之外，还有一种使用方法。用一把扇子遮住半个脸，目的是不想和对过来人说话。尽管对过是一个时常表白自己是拥有文化情怀的人。此种用途的扇子，叫“便面”。

便面最早出现于秦汉，宋时流行。关于便面的记载，《汉书》有“时罢朝会，过走马章台街，使御吏驱，自以便面拊马”。颜师古注：“所以障面，盖扇之类也。不欲见人，以此自障面则得其便，故曰便面。亦曰屏面。”

章台本为汉时长安一街名，是妓女聚集的地方，后来章台便成为妓女住所的代称。骑马经过章台，指涉足红灯区。其实不一定非得在章台街，在东京任意一条街道胡同里，便面都可能派上用场。

有一次我在滑县南关“贵妃池”洗脚店里见到高行长，俩人见面陡然，高行长咋也在此谈业务？弄得双方都不好意思。我俩都差一把宋朝的便面。

其实没有便面的当下也有救，你不想和谁说话，就侧脸打手机或低头看微信。一次，我在金明路见某王部长迎面走来，靠丈爹上去的，平时我就不喜欢他台上装腔作势，私下叫他王妖怪。也算急中生无奈，我马上低头滑动手机，古为今用，来了个“手机便面”。

>>> 修车铺 <<<

街道拐弯处，有一方城市木匠的工作场地。摆满凿、刨、锯、锤、尺、斧、墨斗。

父子俩在这里厮守了一辈子，一年四季埋头干活。树木年轮都是储存的时间。父亲在整理时间，敲打速度，安置时光。

单调的时候，父亲给儿子讲木匠和棺材铺的故事，说是听乡下来的周桐子讲的。北郊外封丘县城一家棺材铺，老板看到自己生意不好，就在相邻的荆隆宫村和李巷头村间挑拨，引发了两村人的械斗。人一死多了，棺材铺生意便好起来。

儿子心里清楚，他全部的努力，无非是最后为父亲打造一口精致的棺材，用上等的柏木。后人再为自己打造一口精致的棺材，用上等的柏木。

2020.4.1

蜡封丸子之后

——考证东京情报如何传递出去

药丸子是东京中医对世界的贡献。西方人不善于熬汤剂、制作散剂，也不善于揉药丸子。

我有“人生得痔经验”，知道同仁堂有一种中成药“槐角丸”。槐角丸分大小两种。

小槐角丸是豌豆大小的颗粒，像斑鸠眼珠子，六克有三十三粒。没有使用蜡封制。大槐角丸多是用蜡封制，以丸状出现，形式上传承古风。

说明书上介绍药丸子的功能：清肠疏风，凉血止血，主治痔疮肿痛。我平常使用大丸子，量大。宴席后，每每陪完客人都要服药一丸，完美收官，以备明日再战。

“十人九痔”，过去被我理解为“有志”，“十人九志”，是说大多数国人都有志向。得了痔疮后才知属于常见病，音同字不同，臀下造反当即讨伐平叛。一再言痔，显得文境猥琐了。世间谄媚者大多属舐痔之徒，而得痔者多为不治自愈。

大槐角丸外面有一层面相文雅的蜡封，透明程度恰到好处，正可以烤化。

马老六在说“岳传”，关键时刻，他会私自让一枚属于他的蜡封丸子出现。我们都不知道蜡封丸子，他便开始卖嘴了。他说，古代奸细人员常把情报都装在蜡制丸子里，虫子不会蛀蚀情报，封蜡则可以防潮防水，便于阴天雨日、恶劣环境下传递情报，如蹚水穿越河流。若缺少一层蜡封，情报会受潮，外观模糊不清。将军案头，受潮的情报质量下降，会影响战局。

如金兀朮的奸细、耶律阿保机的奸细、李元昊的奸细均到东京刺探过情报，必将情报蜡封在丸子里，藏在羊毛里、靴子里、笛子里、绣花鞋里，方便谍报人员来往横渡大河，滴水不沾。

丸子揉制的大小以情报的分量而定，“重”的情报得揉成大力丸，一般以出事后能咽肚为适。情报提供者也有啰嗦的，像河南文坛我这类三流作家，撰写的情报就显得不够精练。情报来源、内容皆复杂，形态各异，不可再称为蜡封丸子了。如此一个蜡封丸，简直堪称一部长篇小说。记得博尔赫斯说，只有缺乏想象力的作家才去写长篇小说。

世界情报史上最大的蜡封丸子，肯定不可能把一整个人装进去。猜测世界上最大的情报，是一具定型不变的埃及木乃伊。

中药丸子为何蜡封才安全？就此我专门问过胡半仙。

药丸子里面的水分蒸发掉，会变得干硬，失去药力。不少中药有营养，会招来许多小虫把药蛀坏。遇到潮湿环境，中药丸会发霉变质。中药丸用蜡密封后，既防水分蒸发，又防虫蛀，还可防霉变。达到三防。

情报蜡封之后也不易生变，但时过境迁就会“失效”。有的情报密封后被遗忘了、丢失了，多年后才看到。往事和爱情如梦，在时间里变得毫无价值。所谓的“储存禅意”也就是说只剩下回忆。据资料显示，至今太平洋上还漂着上世纪的求救瓶，未曾开启。

我在开封铁塔公园听过“长着一脸络腮胡子像鞋刷子头发像一丛风中荒草的人”讲评书，关于东京往事这一章，他比北中原的马老六、“瞎八碗”两个评书艺人说得都精彩。他说，世上许多档案至今还用“另一种形式”的蜡封丸藏着，怕透亮见天，会让人“见光死”。档案保密期限定在五十年到五百年。

最后，他吐口唾沫，卖个关子，说：看那个城门口牵着骆驼缰绳的人，在他骆驼的白鼻子里，就藏着一枚蜡封丸子。

2018.1

论真方集香丸对诗意的伤害

>>> 上　制作 <<<

北中原制造中药丸子不叫揉，不叫团，不叫擀，不叫压，不叫捏。有一个专业词，叫“搊”。

这词真是出乎意料。“搊”有握持、拈取的意思。平时，日常生活里也使用，我姥爷说我跑得快，会说“快得像老鸹搊风”，是乡村时间概念里一种对速度的形容。

赵太丞家的药房要自己配制药丸子，也要搊。中药必须环环相扣，自己配制最放心。一年四季里，赵天丞家“搊”的主要是集香丸。

除了收藏算盘，我三十岁开始有收古药方的癖好。为了将书法和中医结合，私下编辑了一本《汲古集》。明以前为文字资料，清以后为具体实物。先后收集到嵇康“五石散”、华佗“麻沸散”、宋人“集香丸”的配方。考究集香丸时怕今人误食发疯，特意从胡半仙药柜《奇效良方》里核查资料。勤可补拙，查了三天，在卷四十三《局方》里找到如下方子。

集香丸原料有：丁皮一两，茴香一两，益智一两，荆三棱一两，青皮一两，莪术一两，陈皮一两，川楝子一两，巴豆半两。上为细末，醋糊为丸，如绿豆大小。

集香丸的主要功效及服用方法：宽中顺气，消宿酒，进饮食，磨积滞，去症块。主一切气疾，胸膈痛闷，胁肋胀满，心腹疼痛，噫气吞酸，呕吐恶心，不思饮食，或因酒过伤，脾胃不和。每服六十丸，食前生姜汤送下。

看到最后我很泄气，这方子的主要功能说破了就是解酒。根据集香丸的畅销，可推断东京市场有多少酒徒饮酒。可见东京诗人要借酒才能吟出好句子，后来开封诗人私自造酒，也有前因。

诗虽靠酒支撑，酒亦可消解诗意。想写好诗，要服用集香丸，双方碰撞，能达到冲淡中和的效果。后来便有了“诗丸”。

多年后，我见到会造三种文艺药丸的诗人“金枪手”赵天波。他属于祖传。

>>> 中　搭配 <<<

药丸子外面那层蜡封，是故事的延伸和重要部分。

>>> 下　功效 <<<

宋朝诗人有个暗中规矩，诗里多有替酒做广告的嫌疑。两宋诗人里凡能写出好诗的一流诗人酒量都不大，酒量大的多是二流诗人。

根据诸位的诗句推断其酒量，最大的是两位姓曹的：曹勋、曹冠。前者写有“酒量海同宽”之句，后者写有“酒量与天阔”之句。苏东坡尽管写酒名句很多，自己酒量其实小，“我本畏酒人，临觞未尝诉”。那时没有蒸馏酒，都是浊酒。苏东坡喝酒只管微醺，全为尽兴，醉后一直拒绝服集香丸，怕好句子都掉到汤剂里淹死，诗曰“一醉汁滓空，入腹谁复告”，就是他不服用药丸子的新写实。

“赵太丞家”属于东京的医学地理标志。当年明代李东阳看到此处时，停顿一下，他说全卷《清明上河图》从“赵太丞家”的房子往后量，后面还有五尺长。

李东阳说：这五尺看得我心惊肉跳。

这一家挂有“赵太丞家”牌匾的高档医铺，门口赫然竖着两块招牌，广告文字分别为“治酒所伤真方集香丸”“太医出丸医肠胃病”，表明这是一家主治饮酒过量造成肠胃损伤的医铺。

屋里有两个妇人在讨要醒酒的药方，兴许是家中男人喝酒过量。

我以小人之腹推测，此医铺有“太丞”之衔，意味着这家郎中退休前曾是御医，当给皇上、娘娘贵妃们把过脉。主人在偌大东京穿梭数十年，经手的甘草成车上垛，定是一位见过大世面的杏林高手。

一天月夜，月色如藻，横沉水中，漂浮如梦。外面突然响起一阵急促的敲门声，门人急急通报，赵太医马上披衣出来。门轴又一响，关上了。

这一夜，赵家进来一个神秘的人物，那人右手抖抖袖口，先行了个单手礼，然后，递过来一笺药方……

2020.2

宋朝嗑药记

我从不嗑药，因为老子就是药。

——萨尔瓦多·达利

>>> 甲：喝药，是服毒 <<<

明人最喜欢意淫宋人，最典型的是《金瓶梅》，借宋言明。这样的文字比较安全保险。

施耐庵在桌前端坐，把烛点上，暗影便浮动。他又在案头蘸蘸笔，指头抖动，咬咬牙，下决心终于让那妇人走出来。

那妇人拿了些铜钱，径来王婆家里坐地，却

教王婆去赎了药来，把到楼上，教武大看了，说道："这帖心疼药，太医教你半夜里吃。吃了倒头把一两床被发些汗，明日便起得来。"武大道："却是好也！生受大嫂，今夜醒睡些个，半夜里调来我吃。"那妇人道："你自放心睡，我自服侍你。"看看天色黑了，那妇人在房里点上碗灯；下面先烧了一大锅汤，拿了一片抹布煮在汤里。听那更鼓时，却好正打三更。那妇人先把毒药倾在盏子里，却舀一碗白汤，把到楼上，叫声："大哥，药在那里？"武大道："在我席子底下枕头边。你快调来与我吃。"那妇人揭起席子，将那药抖在盏子里；把那药贴安了，将白汤冲在盏内；把头上银牌儿只一搅，调得匀了；左手扶起武大，右手把药便灌。武大呷了一口，说道："大嫂，这药好难吃！"那妇人道："只要他医治得病，管甚么难吃。"武大再呷第二口时，被这婆娘就势只一灌，一盏药都灌下喉咙去了。那妇人便放倒武大，慌忙跳下床来。

施耐庵闻到砒霜气息了，他赶紧把窗关上，唯恐夜风吹灭蜡烛，武大诈尸。

>>> 乙：吃药，是治病 <<<

门终于响了。赵太医让那人进来后，把门上紧了，看过药笺，对那来人重复说孟子的话：“犹七年之病求三年之艾也。苟为不畜，终身不得。”

十年前的约定，只有赵太医明白这是啥意思。

他把药方放在蜡烛上点燃了，销毁了。

烧焦的文字里，竟有砒霜的味道。

>>> 丙：服药的当代性 <<<

约一千年后的一天晚上，在工一街“国医堂”，我敲响门诊部的门。胡小仙对我说，服药前仔细阅读，说明书很重要，许多人却把它忽视了，都任凭医生嘴上胡说。

我吃了几十斤西药，这是第一次听医生如是说。

原来，它是承载药品重要信息的法定文件，包括名称、规格、生产厂家、批准文号、有效期、成分、适应症、功能主治、用法用量、禁忌等等。

胡小仙开始给我做皮试，他知道我晕针，为了缓解我的紧张情绪，他拿出一张《人民日报》，给我读报，本是转移精神法，恰好报纸上说国家药监局局长十年来审批假药六十种，受贿六百万，剥夺政治权利终身，没收个人全部财产，判处死刑。而这局长恰好又是开封人。

我说："小仙，给你叔简单开个药就行了，别扯这么鸡巴远，这些和咱平民都无关。"

"有关，说不定这一针就是假针儿。"

知道这是小仙吓唬他叔。我晕针晕血，他把针一端，我便头皮一紧，几乎趴在他的白大褂上。

2016.11

抱猞猁者说

我童年在河北乡下，知道了何为猞猁。

猞猁自唐朝便流行于达官贵人间，多被作为宠物养，东京坊间说猞猁是吉兽。研讨会上庞会长说，猞猁别名“草上飞”，捉鹌鹑捉野兔比开封斗狗协会的细狗都利索。

在宋朝，大臣拥有一只猞猁，上朝窃语时可缓解紧张心情，圣上知道也不责怪。你家猞猁喂蜜了吗？猞猁吃蜜，毛色便发亮。你家猞猁喂胡椒了吗？猞猁吃胡椒，会打喷嚏，气息通透。

《清明上河图》里占卜房隔壁，那一位静坐的素衣者，便是抱猞猁的王巩，他下朝回家，途中路过，入店休息，画面上未见猞猁，那是因为案桌遮掩。

王巩告诉过张择端，说夏天抱猞猁可以生凉，冬天抱猞猁可以取暖。如今圣上啥都懂，圣上问话，若是遇到冷知识自己不会，但有猞猁相伴，自己就不会觳觫了。这是猞猁的又一好处，宫廷内外都知道。王巩说，要画猞猁。

我原以为只有走亲戚的小画书上才走动猞猁，其实北中原留香寨也有。二大爷说，村河沿月明地里就有猞猁。

一次，我半夜从马厩里听完故事，结尾处说到“五鼠闹东京”。回家时，身后月光声音窸窣。老觉得有一只小兽悄悄跟随，如有蹄声。

二大爷第二天说：那就是猞猁。它在护送你，半道上你千万不能回头，若是回头，猞猁认为你已到家，它会马上离去。

半个世纪过去了，从乡村到城市，我一直怀揣着一只虚构的猞猁在行走，埋头行走。有一天，最终还是回首作别。

我一直想念门后藏着的那一只猞猁。

2022.7

乐

此曲只应天上有

鹌鹑之梦

到了晚上，有鹌鹑飞来，遮满了营，早晨，在营四围的地上有露水。

——《圣经》

若当贪官得会享受，不能一辈子只存货，存胡椒，存银子，存金条，到最后事发都充公，白白当了个“保管员”，只玩了个惊心动魄的过程。

这是古今贪官的不同之处。

偌大京城，最讲究生活品位的还是蔡太师府上，样样精致，日子过得像汝瓷开裂冰片，一日如一片。仅厨房蒸包子一项，就有专职厨娘负责各个具体项目，譬如切葱丝姜片，譬如给肉包捏褶子。

蔡太师最爱吃的还不是包子，是鹌鹑系列。主要做法有鹌子羹、炙鹌子脯、花炊鹌子。

除了鹌鹑，蔡太师兼爱吃黄雀鲊。皇上有艺术爱好，便要积极配合，蔡太师为那一幅《听琴图》题画款时，为更好表达，专门吃了黄雀鲊之后再着笔，他的体会是，吃后运笔线条筋道。

吟徵调商灶下桐，松间疑有入松风。仰窥低审含情客，以听无弦一弄中。

诗好，字好，全靠黄雀鲊味好。他不由得用手在腿上又默写一遍。

黄雀鲊做法工序复杂，厨艺讲究，马厨师是长垣人，善做鹌鹑。

每只黄雀洗净，用酒洗，拭干，不犯水。用麦黄、红曲、盐、椒、葱丝，尝味和为止。却将雀入扁坛内，铺一层，上料一层，装实，以箬盖篾片扦定。候卤出，倾去，加酒浸，密封久用。

菜单细记，收在《鹌鹑食谱》。对中国发展鹌鹑事业有一定参考价值。

后来，蔡太师被抄家时，办案诸人算是大开眼界。蔡府有三间房子属于鹌鹑房，从地面到屋顶，架子上不是现金而是坛子，里面盛满黄雀鲊、鹌鹑鲊，一一原封未动。他说：我是为了吃，不是囤货。

以后的日子里，吃鹌鹑成了一种身份的象征。

话说那年夏天，黄泥岗上出了一件大事，“七人行动小组”在冀鲁豫三省之处打劫了“生辰纲”，自以为做得滴水不漏。天知地知七人知。大秤分金银珠宝时，忽然见到布袋里有几坛精致小罐，阮小二好奇，打开闻闻，浓香扑鼻。忍不住捏一片尝尝。吴用读书多，说那是鹌鹑鲊，是女婿送给老丈人的生日礼品，专名叫“平安礼”。

关于鹌鹑的传说，一直像评书一样在东京街头弥漫，几乎虚幻为一只空中玄鸟。

马厨师为蔡太师做一碗鹌鹑羹要斩杀数百只鹌鹑，蔡府每天征收鹌鹑，后勤做好鹌鹑供给保障，保证鹌鹑鲜活，做到食品安全。

街头棚子下面，平时有一固定看景者，坐在凳上无聊，手在空中不时比划高度，那人就是昔日东京城把鹌鹑的圣手。他担心对过坐着的王巩。准确说，是担心王巩身边携带的那一只猞猁。

2020.4.1

鹁语近似唇语

——黄五郎如何引领鹌鹑运动

或大或小，一个人一辈子一定要有个寄托。凳上那位像把玩空气、其实是在把玩鹌鹑者叫黄五郎，京城最有名的鹌鹑发烧友，绰号“鹌首”。

黄是一个有“鹌鹑情结”的人。大街上游人多的时候，他会情不自禁开始给人讲鹌鹑往事，冷落或没人时，他喜欢这样独坐一天，在时光里回忆的也是鹌鹑。他看街上人来人往，看得两眼模糊，有点恍惚，那些人像符号，变小，变碎，变幻成自己当年引领的一群鹌鹑。

自从宋徽宗当朝后，流行文艺范，京城开始讲吃文化，越吃越精细，东京城卖鹌鹑比卖羊肉赚钱。

黄五郎涉足外贸事业，率领过六年的鹌鹑队伍，那六年是东京最好的鹌鹑年代。

在沿海有鹌鹑集散地，他携鹌鹑从泉州的洛阳桥启程出发，它们不是中国鹌鹑，是从暹罗、交趾、真腊运来的，在刺桐形成全国最大的鹌鹑交流市场。

他通过布袋、笼子、车辆、缸盆、裤腿等多种形式将鹌鹑运往全国各地。

黄五郎贩运鹌鹑的方法奇特，是一次“自由行走运动”。手执一支丈长青竹，竹上系一丛马尾，每次携带三千只鹌鹑。一早，他将鹌鹑放飞在天空，自己则在地下行走。行到暮色向晚，他在一个地方停下，搭上帐篷，对天上发出只有他懂的鹑语，像刮起一团风，三千只鹌鹑一一落下，围绕在他身边卧下。喂食之后，鹌鹑安睡。

第二天，鹌鹑重新起飞。日子起起落落，如此单调重复。黄五郎从泉州洛阳桥开始引领鹌鹑，走三个月方入中原，来到东京南门。像是闻到京城气息，那一群鹌鹑开始兴奋，它们比黄五郎提前看到柳枝新绿。

鹌语一一飘散成灰，已成鹌鹑旧事。

现在黄五郎坐在凳上，邻摊上飘来果香。每当闭上眼睛，他就会想起引领鹌鹑行走的那些日子，像在天空引领着一场南方之雨，缓慢地入主中原。在东京历史上，从北方来的都是铁蹄，从南方来的都是艺术。

他说：降伏鹌鹑的道具是手持的那一支拂尘。马尾在风中弥漫，不仅是形式，马尾的气息对鹌鹑也有驯服作用。一如咒语，一如迷迭香，一如千年后的开封城里一位诗人写诗上瘾，自家吃不饱还要出钱自费印制非法出版物《中原抒情诗》。

他说的不就是我吗？

2020.4

何时为驴接腿

——手艺失传的碎屑

我十年来收集的资料显示，全球共有《清明上河图》九十八幅，只有一幅真迹。

《清明上河图》最早的长卷里，开始部分有一匹发情的惊马，后来的临摹装裱者在处理它时，为省事而偷懒，画面上这匹马就少了两条马腿。我在河南博物院买的一册吴子玉临摹的《清明上河图》，被启功先生称赞临得最好，而这幅画里，这匹马直接无影无踪。一匹马，就这样被后来的托裱者、画家合伙残害、杀掉了。

装裱师张贵梓说自己装裱一辈子了，最自豪的壮举是当年为《清明上河图》里的一头驴“装裱”上缺失的驴腿。他说，那次装裱时，发现画中一头驴缺了条腿，他费了九牛二虎之力，才在画卷中找到那条驴腿，把这幅名画给接顺了。

我看后断定：弥足珍贵的驴腿，其实应该是马腿。他这是驴唇不对马“腿”。

参加开封第三次东京国际宋学大会，对大学者来说可能是稀松平常，对我而言却是机会难得，我特意细看了故宫藏的《清明上河图》，一探争论的驴腿在何处。

情节在卷首柳丛中那一段空隙里。一行人在插花抬轿，前面有一人作追撵状，画面只有残马的后半身，悬挂着两条马腿。路边一个玩耍的孩子被大人喝住。尽管没画马头，但马大驴小，那应该是一匹马。附近两头卧牛无动于衷，远处一头驴子却要惊起，因为驴对马的荷尔蒙气息有感应，马和驴相爱生骡。而牛则没有。马的气息绕过了牛而直达驴。张择端懂得生理学。

开封工艺研究所汪所长擅长画工笔牡丹，号称“汪牡丹”，说很多省部级大领导家大厅墙上都挂他的“富贵图”。他主持了一家公司，平时对外宣传口号是“洛阳牡丹甲天下，老汪牡丹甲画坛”，同时正开发汴绣《清明上河图》。

关于装裱的玄机，我向汪所长求教。

汪所长说，一幅书画能否流传后世，与装裱优劣相关。修复古画不能鲁莽，画上破洞需要一一填塞，选配的补绢，质地、颜色都要和原作画心接近，没有合适的“补丁”就要装裱师自己动手染托纸色。揭开旧背纸、做洞口、除浆……工序有二十多道。除非整体缺字和印章，才会留白。

装裱有三大工序即“托”“裱”“装”。托画心、方画心、打料、镶画、覆背、打蜡、装杆、封轴，诸多工序都靠手工完成。托画心又分调浆、喷水、刷浆、托纸、烘干。每个环节都务必仔细，稍不小心就破坏原貌。

《清明上河图》画卷中，舟车、市肆、桥梁、街道十分密集，真迹历经数百年诸家装裱，其难度可想而知。

汪所长看我听蒙了，鼓励说：你学术态度很好，眼界看得准。这些知识有些“冷”，冷知识靠不住。

最后还对我的判断作出肯定：那是一匹受惊马的腿，不是驴腿。

这是东京学术界流传的“偷马换驴”典故，或可引申为学术界变相抄袭。

2020.3

哈喽，唱个肥喏

——关于时代的仪式感

从我记事起，北中原村里俩人见面，一人首先问：吃罢冇？另人多答：吃了。来到开封生活五年，一直也是这习惯。

吃，人生里永远排第一位，圣人也把“食”排在第一位。从我记事算起，五十年未变。

宋人见面行礼时，叉手鞠躬，抱拳高拱，弯腰扬声。这种礼节就是“唱喏”。唱得又响又长、鞠躬鞠得深的，叫“肥喏”。用于下属对上级、晚辈对长辈，肢体上是向人作揖，口头上是扬声致敬。

宋人唱喏，相当于我村问候“吃罢冇”。

生活在东京，人人都要唱喏，不然没法出门。周密《武林旧事》载，上自帝王将相，下至士农工商，全民都会唱喏。皇帝阅兵时，开幕式要敲梆子，一共四声。敲第一声和最后一声时，全场士兵都要一起唱喏，场面非常震撼，会使人联想到许多口号震天的壮观景象。

如下也有另外的。

唱喏里包含有爱，唱喏能唱出一见钟情。潘金莲一支竹竿失手掉下，打到西门庆的头，男主本想骂人，见女主貌美，不生气了，反而唱了个“肥喏”。本该是潘金莲道歉唱喏，结果唱喏角色颠倒。

风一吹，走出《清明上河图》的宋人几乎都在“唱喏”，六种唱喏者代表如下：

鲁提辖在潘家酒楼上喝酒，酒保唱了喏。

郑屠看时，见是鲁提辖，慌忙出柜来唱喏。

王婆笑他却才唱得好个大肥喏。

乐和看着顾大嫂唱个喏。

宋江向宿太尉躬身唱喏。

宋江等四人向大家唱个无礼喏。

宋朝是一个尚礼的国度。唱喏唱喏唱喏唱喏，国人都在唱喏唱三斤重“好个大肥喏”。景象一片肥大。

每一个时代都有自己的仪式感。“唱喏”到明朝废除，作揖开始多了。清朝开始是甩袖子，捎带一声“喳”却不是“喏”。表示顺从，遵照，执行。传到我村后，带有特色的则是“吃罢冇”。二大爷使用的频率高于宋人唱喏。

那些未走出《清明上河图》者，人员更多，他们依然在小巷，在酒楼，在人海，在伤心处，在孤独里，在看不见的地方，演绎着重逢和道别。小人物如虫蚁一般，默默无闻。人生如旅，偶然相逢，歧路执灯，挥手作别，唱个肥喏，各自保重。世道如此苍凉轮回。

细数东京街头拐弯处，在桥上，在街道，在酒楼，一共有四人在唱喏，有三处属于一般礼节，只有一处属于肥喏。

东京官场姿势丰富古典，传承到现在骤然失传了。平时，我见从县级到市级的当代官员，再大的只有看电视。工作礼仪姿势有规律标准，诸公多为两种：双手搭在前，这是见上级；双手背在后，这是见下级。

2020.3.31

铆钉和绳索和菜园

——局部和细节

>>> 铆钉 <<<

东京无数屋顶上，潜伏着无数沉默的瓦松，瓦松的目的不仅仅是听风听雨。

瓦松并不是固定的，可在水陆里走动，或在天上飞翔。这听起来有点玄虚。

正脊、垂脊、戗脊、鸱吻、脊兽、博风板、悬鱼、惹草，都是大殿重要建筑部件，稳定着房屋。

屋檐下站着的那一位是高超的鲁工匠，长期在宫殿里干活。十年了，他布置的琉璃瓦上可以经年不生瓦松。不到临终，秘诀一直不传授给徒弟。

>>> 绳索 <<<

五个人从虹桥上扔下来五条绳子。

漂泊两岸，船上有五百条绳子在履行绳子的使命。

绳子是为了躲避岸边柳树、房子等障碍物，纤夫的纤绳则要系于桅杆的高处。

行走离不开绳索。我少年时和父亲到黄河边马寨码头拉过煤，我掌握的那绳子叫“套绳”，像是说拴牲口的绳子。我至今看过两幅关于纤夫绳子的重要的画，绳子在线条里面纵横交接。列宾《伏尔加河上的纤夫》里，绳子迎面走来；张择端《清明上河图》里，纤夫和绳子转身离去。俩人画的都是苦难。

他们都有属于自己的一条绳子，两画中绳子的颜色不同，粗细不同，两队纤夫在颜色之间会合，擦肩而过。

更传奇的不是河上纤夫、纤绳转化了，是后来京城里出现的那一位僧人和他的一条通天绳索。

>>> 菜园 <<<

连最早进城的那群驴子也能看到，京郊有一片菜园。

且说菜园左近，有二三十个赌博不成才破落户泼皮，泛常在园内盗菜蔬，靠着养身。因来偷菜，看见廨宇门上新挂一道库司榜文，上说："大相国寺仰委管菜园僧人鲁智深前来住持，自明日为始掌管，并不许闲杂人等入园搅扰。"

尽管不许"闲杂人"进来，但一天，赵守敬来了。赵太守不是"闲杂人"。

为吃时令菜，他一年四季都来。他蹲在菜畦间，细数过菜园里种的蔬菜品种，有萝卜、菠菜、韭菜、茄子、瓠瓜。

赵守敬年年来看菜，最早来观察是有一年寒食节。那天天气晴朗，菜苗返青，他心里便从此一直惦记着一片绿，他想自己晚年也能有一块这样的菜地多好，种种菜，浇浇园，读读书，写写字。

他读过老友陶穀的《清异录》，很羡慕陶穀记载的那位姓纪的老菜农，十亩菜地养活三十口人。那块菜地就是生财的钱炉子"青铜海"。看后他特意把这一段抄下来：

汴老圃纪生，一锄庇三十口。病笃，呼子孙戒曰：此十亩地，便是青铜海也。

种菜比种粮划算。他想起自己老家滑州也有"一亩地十亩田”之说。

终于到了退休。宋朝退休叫“致仕”，可带职，不办退休证。

赵太守年老时瞌睡虫开始增多，鼻子上爬满瞌睡虫。蒙眬里，那一片菜园里色彩弥漫，瓠瓜开花时上面有蛐子叫，夜里露水里有蛐蛐叫。蔬菜里他最喜欢茄子，生茄子摘下来不洗就吃，他经常想起樊楼那一道“鹌鹑茄”。

他嘴角不免生津，耳边会想起那店小二赵轱辘的喊堂声，高低起伏。从声音里，听着听着，能闻到那一天蓝厨娘手上隐隐约约的一丝青葱气。

2020.5

波斯说书人

画面上，一共四个僧人。红衣，皂衣，素衣，赭衣，四位来自远方的行脚僧。

敦煌、撒马尔罕、白马寺、波斯……他们携带着风雨而至。

>>> 第一出：红衣僧说猿 <<<

一圈密密麻麻的看客，中间有一个艺人在表演。众人不断喝彩。艺人说要表演一个“天地大相通”，借一个孩子用用，为了接气。红衣僧人在一边观看，见没人配合，他让身边相随的那个红孩子走出来。

正在表演的那位东京艺人心领神会，开始这个节目的表演。东京艺人抽出一条白绳子，先在绳头打个结，像一朵莲蓬，让那个红孩子端坐在绳头。孩子犹豫问：能坐上吗？东京艺人又多盘一个绳圈，两个莲蓬了，红孩子才肯坐上去，盘腿闭目。

东京艺人口中念念有词。

上升，上升，上升。

“永恒的女性，引领我们上升。”（引自《浮士德》）

上升，上升，上升。

“手里捻珠，口内念念有词，往那巽地上吹了一口气，忽的吹降去，便是一狂风。”（引自《西游记》）

上升，上升，上升。

“喝声道：‘疾！’只见狂风四起，飞沙走石，天昏地暗，日月无光。”（引自《水浒传》）

上升，上升，上升。井绳在上升，像一条青蛇，绳子开始曲曲弯弯，然后一耸一耸地向上，飘到天空，深入云间，攀附云朵，最后不见了。

“我再说一遍，玛格丽特的故事非常特殊。要是司空见惯，就没有必要写它了。”（引自《茶花女》）

东京的一朵大云彩下面正在空设无数张嘴，像是无数方黑洞，单等一颗甘霖滴落。

不一会儿，飘下来几根绳索，艺人捡起来放在衣袖里。又飘来几根洁白的毛发，红衣僧人捡起来，说是猿毛。猿是君子，安静，和焦躁的猴子不一样。

红衣僧人手捏猿毛，忽然大哭，说：这孩子一直是我的拐杖，跟着我走了三万里，现在不见了，可怜见的，可如何是好?！永失我爱。求求诸位出手相助。

跳涧虎陈达也站在人群里静静观看，他暗自冷笑，说：你鸟人瞒不住我，这又是一个玩“通天索”的人。

>>> 第二出：黑衣僧说冰蛆 <<<

黑衣僧人一身鸦色，直接出场。

各位官人，话说那一天。西域雪山有万古不消之雪。冬夏皆然，雪中有虫如蚕，其味甘如蜜，其冷如冰，名曰冰蛆，能治积热，可解酒。喝酒前舌根下面压一冰蛆，能从容行令，坐国宴不动，喝斗酒不醉。

各位看官，我这次带来“狗蝇丸”，举国五丸，其他四丸已征收入库。今天就预订这天下第一丸。何谓“狗蝇丸”？抓住一只狗身上的苍蝇，将其腿翼去掉，再裹以蜡制成药丸，待打摆子那一天用冷米酒送服，也可于垂危之时延缓生命时长。皇帝托孤时，此“狗蝇丸”能延长五个时辰。国家将乱未乱之际，必有“狗蝇丸”出场。

黑衣僧人蹲下来，从身后一个布袋里拿出一面白布摊开，摆上犀角、珍珠粉、砗磲粉、冰蛆。

忽然，前面虹桥桥头一阵慌乱，便听到有人发喊，捉拿西域来的秃驴！几个捕快手持朴刀，叫喊着而来，疑似要捉拿波斯僧。波斯黑衣僧人起身，掸掸身上尘土，转身把自己裹在一面白布里。走时，掉下一颗“狗蝇丸”。

直到后来开宋学研讨会时，我终于续上悬空处的情节。

那位“长着一脸络腮胡子像鞋刷子头发像一丛风中荒草的人”说：凭借一条绳索，红衣孩子是转送东京情报去了，使用的是蜡封丸子；波斯黑衣僧是沿着骆驼鼻子上的一条细细缰绳跑了。东京日常器材里，绳子才是远离京城的另一条“东京之路”。

他最后说，这叫“知白守黑”。

>>> 第三出：白马寺 <<<

白马寺的僧人掸掸衣服，行了礼，香烟缭绕间，说了一句话，相当于大会闭幕词。便全剧终。

僧人说：何人能知白守黑？

音乐响起。

>>> 第四出：混合色·无我 <<<

每一个人都是自己剧目里的主角。

无论是黑是白，是中间灰，都躲不过去，无法选色。代表自己的颜色要一一出场。

2016.7.5

上街者

东京街上行人摩肩接踵，车马轿驼络绎不绝。忙闲不同，苦乐不均。调子音节长短不同，脚下路程更是长短不一，有草鞋路，有靴子路。

“宋学”会长庞作道说《清明上河图》上面人物共计815人。我问：会长你咋统计的？他说：人物数量历来有争论，最多的竟说达1643人。我查得最准，用的是祖冲之的数米法。此法看笨并不笨，每个人前放一颗米，最后数米，方为实际人数，这样不会乱嘛。谁都不会重叠安排或吃空饷。

我听后佩服，至于“数米法”的真伪却不能去向祖冲之核实。

画面人物计有：

不断移动四季风景的抬轿者。把吆喝声水声举到头顶的撑篙者。上房揭瓦骂人者。重复吊打一条井绳的抄袭者。缺斤短两的面白无须者。以扇遮面不想让对过看见自己痦子的为官者。匆忙赶点交差的仆役。驭牲口以口语的驾辕者。作坊里拓印花纹的手工劳作者。掷骰子怀揣发财梦的希望者。反复一个动作也是一生动作的打草炉烧饼者。一生反对铁钉穿越的卯榫结构主义者，我称之为“素木行动者”。折柳者。把雪山搬过来用酒帘挡掩一面的说书者。操刀剃头图凉快的理发者。亮出舌苔点燃火把虚气上升的从医者。切三五斤上好牛肉者。能匡算途中泥泞沾足的看相算命者。约束铜铃声不响的喂马者。测量阳光高度的风向观察者。春韭秋菘的看菜园者。窃香失手者。观水者。传播回鹘契丹信息的传奇者。唱喏唱肥喏者。啃凳子腿者。批发山水风月者。不和姜太公一块钓鱼者。一直在窥听双龙巷脚步声音者。怀抱大公鸡和鲜花的旁观者。计算温暖的称炭者。头上簪花者。借助铁器上房屋飞檐走壁者。袖里揣着鹌鹑的城市“放鸽子”者。能自由穿入厚厚宫墙的读报者。蹴鞠踢得好的职业玩球者。孤独一身走天下的行脚者。在酒楼下埋头挖地道者。把风筝布置到云朵上的坚持者。春天来了但心里还留有残雪的乞讨者。聆听一路骨头歌唱，以声为路标，从西到东的牵骆驼者。那一位打秋风者。驾驭太平车和调整速度的执鞭者。匆匆赶往府衙输送出国考察护照和大锭金银者。240 个州的代表上访者。坐在墙下捕捉虱子咀嚼，同时捕捉无聊的闲散者。一生只在水上刻字的印刷者。屏风后面那一位永远只讲话却就是不出来的隐者。龙亭前打了一辈子莲花落者。

胸有桃花石情怀(《突厥语词典》里称“桃花石”为“中国”的意思)、正在书写远方者……

面孔不同的行动者，走在相同面孔的一条街道上。

职外，纸外，之外，还有那一位不动声色的调色者。

1514 年 3 月 27 日上午，晴，无风。明代李东阳开展看画。这时候，画还是两丈长，比今天我看到的这一幅多了五尺。李东阳入画忘我，一直看到掌灯时分，让童子举烛。光亮里，听到上面门环响，他看到赵太丞家里走出来“一个长着一脸络腮胡子像鞋刷子头发像一丛风中荒草的人”。

此人也属画中诸“者”之一。

李东阳吃了一惊，灯花眼看一抖，宝马雕车香满路，画上的“旗火”(一种点燃后可升天的炮。河南人节日里多燃放)绽放，流星般落满夜空。

2020.3.31　郑州看画

最后的落款

——关于张择端所处的位置

我是当代三流作家里签名最好的一位。

——冯杰

宋代画家一般画不落款，如果落款，也多是穷款，还不盖章。

郭熙落款在树枝下，崔白落款在树干上，李唐落款在石壁里，李成落款在石碑边。范宽在《溪山行旅图》里，落款在树丛一棵树干里面。他名字隐藏得像一只猞猁。这是李霖灿先生引以为豪的事情，他在故宫里读了四十年画，读着，读着，忽然发现。

他说那一天，忽然一道光线射过来，在那一群行旅人物之后，夹在树木之间，范宽二字名款赫然呈现。

李霖灿先生是北中原辉县人，和写《丑陋的中国人》的作家柏杨同乡。辉县是毛主席说过“辉县人民干得好”

的那个辉县。辉县古称共城。我姑姑在辉县一中当了一辈子人民教师，满头华发如粉笔末。童年时，我跟随父亲看望过姑姑，登苏门山，访白云寺，临百泉水。父亲去世后，我每年正月十五前要去看望姑姑一次。

有一年在辉县百泉一家汉陶馆，碰到一位女士，一套近乎，恰好是我姑姑教过的学生，姓柳。临走，她送我一个汉代的陶器，让我一定要插梅花才般配。我说：瓶都送我了，你还管我插啥花？

她大度一笑。

柳女士对我说，李霖灿先生是她近门里的表姨夫，他采用的是“网球法”，就是把整张画面分成若干小网格，一格一格仔细来看，才在茂密丛林里发现“范宽”二字。她说她祖上还和苏东坡有联系，后来给我寄过家传的资料复印件，其中一则手札复印件，我一看就是苏体。

> 柳仲举自共城来，抟大官米作饭食我，且言百泉之奇胜，劝我卜邻。此心飘然已在太行之麓矣，元祐三年九月九日，东坡居士上。

信上说“大官米”是辉县大官庄的香米，我走亲戚时，姑姑每年会送我一袋。想到自己在百泉苏门山留影的“涌金亭”仨字，也是苏东坡题字，我大胆联想，说不定这位柳女士家先人和东坡还交流过证物。

辉县得南太行灵气，出过很多画家，其中我认识几位，侯德昌、侯钰鑫、窦宪敏、耿安辉，人民大会堂东大厅最大那幅《幽燕金秋图》就是辉县画家集体创作的。辉县才女尚新娇专门写过一部《笔落幽燕》讲这些故事。后来我还和文学院作家侯钰鑫先生攀成了写作同事。当时听说辉县画家还要成立“太行画派”，有人选址建院。以我的陋见，艺术这玩意儿单打独玩最好，一结伙就完啦，就像上了梁山。画家一成立所谓流派就像办工厂，顿时面目单调，釜底抽薪。

余生也晚，共城十五位著名画家里我只有李霖灿先生一人没拜访过。2009 年晚秋我去台北故宫博物院，而他已去世十年了。

我推测李霖灿先生不喜欢扎堆。他单枪匹马，说自己是“前半生在玉龙看雪，后半生在故宫看画”。他在台北故宫博物院看画四十年的回忆录中，将发现范宽签名那个激动人心的一刻化为心灵感召的永恒。连见过此画的董其昌一生都没发现。李霖灿作为九百多年来第一位发现范宽签名者被载入中国画史。独见此款，不虚此生。

范宽当年自信的落款终有答案，他没料到世上会走出来一个有心人，走进画里，发现自己的影子，像找到幽林密丛中那一只神秘猞猁。

扯这么远，我是为了说张择端落款。

范宽死了五十年后，张择端降临人间，传说他是范宽托生，画魂附体。范宽是张择端心里致敬的师父。《清明上河图》开首走来的那五头驴子，就是从范宽《溪山行旅图》里牵出来的那五头驴子，仔细对比，连小驴子腿上的“夜眼”都是一样的。

和范宽落款相比，张择端在《清明上河图》里的落款形式最高妙。你打网格也网不到。

他有新意，不落窠臼，别成家数。佛国太子以身饲虎，张择端是以身饲画，他最后把自己画了进去，成为画中一员。在824个人物里，那一位和全篇人物貌似无关系者，无勾连者，无牵挂者，未东张西望者，悠然自得而独立成章者，就是作者张择端本人的落款。

请屏住气，耐心寻找一下张择端，像那一年我在东京寻找你一样。丙子欲临，寒气笼罩，星光欲降，十二生肖开始轮回，一如上帝掷骰子。暮色向晚，你正坐在一方木凳上，你向火的面庞那样宁静。像柳女士后来嘱咐我的瓶中梅花。如今回忆起来让人伤感。

后来看到“美国黄说”。黄仁宇说，宋徽宗是让张择端以人物形式入画的人，他有一个“三女儿”，于是，画中，一位少女站在未启程的轿前。

还有“开封赵说”。2021年在“河大”成立鲁枢元生态文学研究所研讨会上，我见到开封学者赵国栋，赵先生说得更彻底。赵说，宋朝根本没有张择端这个人，张择端只是宋徽宗化名，为啥叫张择端不叫冯择端？张是老天爷的姓；择取“泽”谐音，“恩泽”之意；端，最早宋徽宗是端王。像他落款画押“天下一人”一样。《清明上河图》

的作者应该是宋徽宗。皇帝深入生活，扎根人民，亲自创作。不失一家之言也。

我则坚持张择端独特签名一说。

如一卷徐徐展开，二十年里，从开封那一方小小木凳子开始，到开封那一条细瘦的小巷结束，我像做了一场漫长而又短暂的东京梦。

在画里，张择端把自己签进去了，一人嵌在窗下。我把自己签在那一方木凳上面，一坐二十年。

2020.5.9　客郑

2021.4.26 又补

新东京方言汇考

诗心鲸背雪，
归思马头云。
——引句

1. 俺：我。或我们。

造句：俺相中你啦。

2. 恁：你。你们。那么。

造句：恁咋跑得比兔都快？

3. 夜个儿：昨天。

造句：夜个儿那些驴都进东京街头。

4. 年时个儿：前一年。

造句：年时个儿我还见到你二大爷。

5. 弄啥：干什么？

造句：你这是弄啥嘞？

6. 安生：老实，不乱动。

造句：大官人，初次进衙门里相见人要安生些。

7. 平展：形容东西很平，平坦。一般形容床单、桌布、衣服等。

造句：崔老板服装公司的广告语：我们开发的新款式，每一件都是平展的。

8. 滋泥：活得舒服。

造句：无论是东京的古泼皮还是开封的新官员，个个活得都很滋泥。

9. 握住脚：脚扭伤。

造句：蔡京下朝时握住脚，李市长下席梦思床时握住脚。两者都是外伤。

10. 流光锤：近似东京昔日“牛二”“泼皮”之类的角色，他们走出《水浒》来到现实生活里，就叫流光锤。

造句：我姥爷说过当年在相国寺听到民谚：“山东出响马，豫西出盗贼，东北有个草上飞，开封就出流光锤。”

11. 上脸：撒娇，任性。

造句：妇联主任在李市长前很上脸。

12. 嘬住：闭嘴。

造句：你给我嘬住！李逵道，黑三郎，你给我嘬住！

13. 呼：扇脸。

造句：你敢再给我逼逼，看我不呼你！

14. 蛄蛹：蠕动、爬动。

造句：庞会长讲画的细节时，说：柳树下躺的那个东京兵士在阳光里蛄蛹一下，接着又瞌睡啦。张画家想画宋朝懒政现状啊！

15. 忙活：忙碌、热闹。

造句：虹桥上显得最忙活，不管白日黑家，都一片忙活。

16. 腌臜菜：人格品质不好。

造句：当官的一窝都是腌臜菜。

17. 信尿：指傻瓜，傻蛋，莽撞，二百五。

造句：杨志在喝冷饮子时，对何掌柜说：本来我的敌人不是他，那一年被我杀掉的牛二纯粹就是个信尿。

18. 瞎枯欻：多形容说话状态。枯，干枯，枯燥。欻，表达声音，即嗞啦一声。欻另有快速的意思。还有“枯欻欻”一语，形容有动静，有名声。开封人说乱侃乱喷一通，且多是闲话、废话、无用话。

造句：几个娘儿们在马道街能瞎枯欻一晌。

19. 车肚：没穿衣服。

造句：《清明上河图》汴河边上拉纤绳的那十个人，个个车肚。

20. 下三儿：馋嘴，贪婪。

造句：看他那下三儿样。

21. 点儿幸（背）：运气好（坏）。

造句：这小子点儿幸（背），刚上任就赶（撞）上了。

22. 腻歪：讨厌。

造句：老崔腻歪得很。

23. 朗利：利索。

造句：宋徽宗在殿堂讲话：以后诸位爱卿进谏发言时要朗利些，别一上午净说车轱辘话。

24. 当闷儿：故意。

造句：看电影时他当闷儿往我身上贴。

25. 胡溜八扯：瞎编乱造，扯淡，瞎说，胡说八道。

造句：我二大爷说：杰妞（河南大人称呼孩子多取后一字并加上“妞”，作为昵称）说现在他算专业作家啦，前天咱爷俩儿一喷，知道世上还有这种整天胡溜八扯的职业，这不是和当年来我村的马老六、瞎八碗们一样喷空吗？

26. 瞎尿转：逛荡，闲逛荡。

造句：本书我险些叫《瞎尿转》，庞会长不同意。

了解这些新东京方言，绝对有助于你在这里“闲逛荡”。苏布衣看后特意地对我嘱咐：这些话在开封你一定得会，不然你和家嘞（河南方言，“家里人”的意思，即“老婆”）出门，恁两口子买个菜都不方便。

2020.5

附：

东京物品细目

一遍遍看《清明上河图》，核查出明细如下：

有人物824个，其中妇女15人。猪7头。骆驼4匹。因为城墙遮掩，可以虚构一座城门，故骆驼可多到无穷尽，连到西夏。至于牛马骡驴，我曾查了两次，分别为95头和77头。编辑敬业，问我为啥前后数量不统一。我说张择端后来又在纸上杀了18头驴。

查来查去，我查花了眼。日本人斋藤正谦考证有1643人，动物208头。

有椅子板凳300张。房屋122间。凉棚30间。伞42把。竹子35株。其他树木255棵，其中半死不活的5棵。大车16辆。轿子8顶。大小船只29艘。桥6座。

我失败是因为使用了“蚂蚁查法”，管不住蚂蚁腿，属移动式。

我想到另一个人，前面提到辉县人李霖灿先生，他在台北故宫博物院任副院长期间，在《溪山行旅图》驴队后树丛中的一棵树干上发现“范宽”二字。他使用的是“李氏网球过滤查法”。

庞会长和李院长，地理坐标不同，党派不同，红蓝颜色不同，但查点目的相同，他们都是北中原乡党，能攀附成亲戚。此属荣誉存记也，满足一下我的虚荣或理想。

2024.4　又补

东京诗人梦华录

——试补李东阳观后裁掉的五尺现代部分

>>> 美髯公孔令更 <<<

开封有贯彻苏东坡“诗酒趁年华”精神最彻底的当代诗人。

诗人孔令更，籍贯兰考东坝头，黄河由西向东，一头撞到东坝头，撞不动才由东往北拐弯。长髯过胸，身着布衣，一如仙人。其善饮酒，自造佳酿，名曰“孔府诗宴”，每每要馈赠诗友，来客作别时他不送诗集，必赠美酒一坛。

辛巳初春，我和从小桦赴皖为诗人公刘拍肖像路过汴京，孔老宴请，离登车还有四个小时。酒店吊一面芦帘，两边人才一字排开，孔老劝酒的热情简直无以复加，我俩完全不记得最后如何登上列车，只记得到合肥也没清醒，也不知两坛“孔府诗宴”何处摔碎了。

公刘是我见过的有铮骨的诗人之一，当年他长须过胸，也是诗坛朱仝。先生在安徽省立医院对我俩说，1985年孔令更一行徒步走黄河，开诗人创举，自己专门在《人民文学》发表长诗《没有美酒的壮行》相助，一百元稿费全捐赠他们。如今公刘双手执杖，可惜昔日美髯，医生已让剃光。看来老爷子当年也是位“拱火者”。公刘说：回去替我问个好。

我一直惦记着孔先生，在黄河诗会上问：孔老师考察黄河二十多年，一定酝酿史诗？他说：我每天的使命是打理这把胡子。他若在《水浒》里，便是强盗朱仝了。

以后，诗人继续私酿“孔府诗宴”。那年诗人吴长发带我又访孔老，论诗畅饮，我回去后睾丸肿胀，玲珑可怜。孔老辩解道：我亲自配方，断不会有假，肯定你俩中途又饮他酒，串味了。

想起我中途拐弯在“静泊堂”另饮滑县“小鸡蹦”酒，故乡水有串味可能，但老吴直接归家并没有“小鸡蹦”，咋照样玲珑？发誓不再饮“孔府诗宴”。

黄河诗会上，诗人马老对我说：令更不考察黄河还好，生在黄河边能写出黄河诗。考察后被黄河吓住了，被黄河打败，恐怕他再也写不出诗。

后来果然言中。

孔令更是诗坛唯一不使用手机的诗人，像位当代隐士，时间把他忘掉。我夹着尾巴为生计奔忙，深有体会，如今无手机寸步难行。出门，进门，高铁，航空，转钱，收款……我问：孔老师你咋出门？

他说，我不需要出门，在开封待着觉得好。

那我要找你喝酒咋联系？

不需联系，你从郑州一入大梁门，我就能感受到你的气息，酒宴早给你摆好。

最近见面是在《张伯行》研讨会上，他捻须对我私语：还是当诗人保险，诗人不会进监狱，即使进监狱在里面写诗还会减刑。

>>> 双枪将齐遂林 <<<

东京诗坛多奇事。诗奇，人奇，相奇，语奇，状奇，境奇。

阮籍阮咸这爷儿俩都是陈留尉氏人，离开封二十里路。裴苏子给我说，陈留诗人齐遂林有魏晋之风。和阮咸长巾大衫不同的是，今有些诗人喜欢涂口红，戴耳环，穿高跟鞋，有时还着花衣服，常被人私语为性取向异于常人，且伴有各种传奇故事。

东京传说一直让我头疼，觉得诗人都是虚构幻成，不可当真，我写的东京生活手册是真实版。

那年朱仙镇开第20届黄河诗会，宴会上，主持人朗诵齐诗人的“新宋词”，意境雅丽。我端酒杯找到齐先生敬酒，我说：老兄，走一个。我喝一个满的。我问：你今天咋不涂口红？

他看我一笑：老弟也信这？都是孔令更老兄那兔狲造谣，把我弄得不男不女。

裴苏子对我说：诗人一辈子得有点行为艺术，不然凭啥和这个所谓正经社会较劲。一个男人承载着种种压力，来自社会、家庭、自身。诗神宽容，总要递来一把竹刀，去挑开一道口子释放点滴诗意。

记得在我跟庞白虹先生学画时，在“虹堂”里看过陈老莲一真迹，画上明代杨升庵在云南白粉涂面，头上簪花，携妓行走。庞先生对我说：杨升庵行为艺术比开封诗人早了四五百年。

裴苏子那天也在，他注视着我，说：簪花涂面和着高跟鞋涂口红，精神气质是一样的，在不同年代，诗人作同一种抗争，都属于性情诗人的标配。

一边的庞先生说：听到“画音”了。来，让你们看下一幅。故事便扯得越来越远了。

>>> 圣手书生墨桅 <<<

诗人赵中森，笔名墨桅。常穿一袭素衫，玉树临风。

裴苏子说我和清癯的墨桅站在一起，会马上显得脑满肠肥，像一头黑猪。说人一胖就有点不像诗人了。我说，这是心宽体胖的福相。

墨桅当过职业播音员，金声玉嗓，当过知识青年，上山下乡，退休时是编辑。他是孔令更徒步走黄河壮举背后的粮草官。负责夜观天象，化缘筹款。

墨桅对我说笑过，他当“粮草官”是免得老孔和郎毛他们在途中讲演吹牛时饿死。

那年在开封我给母亲看耳疾期间，一人在东京小胡同漫步散心。行至拐弯处，忽然碰到墨桅先生。一条胡同转身之处都会碰到一个著名诗人，可见东京诗人多如过河之鲫，多如过路之蚁，开封诗人和开封卖五香花生仁的一样多。墨桅叫道：我远看一个庞然大物，像老熊当道，我说咋有点恁眼熟。

说着，他击我一掌。

墨桅属于双栖者，他是中原诗人中最早由诗人转行写小说者，处女中篇就发在广州《花城》。粤军小说家张未芹对我说：去转告你赵老师，好好写你们诗人的号叫吧，咋来夺俺的饭碗啦？

东京文坛平时开作品研讨会，主办方邀请者皆有出场费，专家真假不一，但钱都是真的。墨桅轻视，称俗不可耐，诗歌岂能用金钱衡量？在文学院开新书《札记》研讨会，他给每人送上样书，再赠送一枚银杏叶子，学术大厅灯光下，银杏叶夺目，一如金箔。诗人说，头天晚上他在龙亭前杨家湖畔银杏树下，一枚一枚亲自采撷，洗净晾干，写上诗句，这些叶子里注满了诗情。至今，那枚银杏叶子，我在《百年孤独》里当一枚金黄支票夹着，我珍惜这种诗意感觉。

墨桅后来陆续送我许多自制书签。枚枚原创，在上面我看到诗的光芒。

我想到另一桩小说家逸事。乙亥年，中原兴起“红高粱烩面公司”，老板姚总誓言，以后中国凡有麦当劳的地方都有红高粱烩面，当为民族企业争光。“红高粱烩面”举办发布会，邀来作家莫言，因他当时的代表作是中篇小说《红高粱》。发布会由张宇先生主持。公司创意很别致，每位嘉宾桌前摆一大海碗红高粱烩面，热气腾腾，面足汤浓。

张宇说：姚总，你要真尊重作家，把碗烩面换成一万块钱摆上。

烩面撤下，余温未退。

那年莫言还没获诺贝尔文学奖。放到现在，河南那些假惺惺的资本家就是放十碗特制羊肉烩面莫先生也不屑一顾。河南部分土鳖只见过“大观通宝”，没见过“瑞典克朗”。

裴苏子后来击掌，评价说：张宇烩面论也好，墨桅银杏论也罢，两者皆当今文人在日益物质化社会里的相对论。

这后句读起来有点绕脖子。我一直在琢磨，这到底是啥意思？

>>> 霹雳火曹红旗 <<<

诗人原名曹红旗，名字带有时代特征。事业有成，文武双全，被社会尊为儒商后改名“曹天”，对我解释过取意脱胎换骨，顶天立地。我来自乡下，就趁酒劲说：贤弟，天下为公，一个人要做日天事，不要说日天话。诗人曹天说，就是要扭转世道，改变世风，杀富济贫，民主繁荣。

我听得头大，想想，是得有一只领头羊。莫非曹天是给个支点能撬动地球者？

我儿子冯裳曾就学于开封航天技术学院，那一年毕业即失业，没上航天仍在地上，书包里有学校荣誉证书、优秀党员证书、三好学生证书一大摞。我那年写电影剧本失败，落魄在家，要领犬子找口饭吃。我们爷儿俩提着满满一大兜荣誉，为省钱步行前去曹天的风雅世界公司。

曹总连看都没看，说：跟着我吧。

儿子拜他为师，学习服务社会，服务人民，后来兼学陈氏太极，后来获得河内首届东方国际太极赛季军。

一天，出乎全体汴京诗人意料，曹诗人要竞选市长。石破天惊。

今曹公发出公告，如旧曹公挥槊赋诗。他说，准备拿出一亿元保证金来竞选，当选后本人不领一分工资，只为民造福。此壮举曾成中州轰动一时的新闻。各类真假记者络绎不绝，唯恐事小。

我夫人一边择菜一边对比我，说：看看，同样是写诗弄文，你只会抠脚抠字。

我说：妇人之见，结果不一样境界都一样，只是殊途同归。都是天下为公。

我夫人是太行山上辉县人，听不懂山下话，农村妇女更听不懂我的哲言。只问我一句：下月房贷在哪？有点五雷轰顶。

后来，真市长进去了，假市长热闹一番；真市长折腾死了，假市长曹公还活着，进去又出来了，唧唧复唧唧，依然在外面折腾。白天日理万机，夜里一身诗性。争议事件不说，只是让看热闹不嫌事大的河南新闻媒体赚足了眼球。

我从小地方入市，在开封生活，算开了光，视野狭窄，见识不广，属土包子进城，在中原诗坛上，曹是我见到的有情怀敢单挑小梁王和大社会的诗人。用开封话说，是“有种”。他名声一大，曹家庄的乡党开始来求职要口饭吃。也算农村包围城市。曹总吩咐道：你们每天只管把全村街道扫干净就行了，我这边负责开钱。啥是工作？处处能为人民服务就是工作。

“三八”妇女节，马村长让他捐款，他给全村妇女拉去一汽车卫生巾。他说从 1949 年至今，兰考县女人还不知卫生巾为何物。他说：卫生巾虽小，却是文明象征，我要改变她们的观念，每一个中国妇女都要有一个柔软的梦去做。

他见我人生窘迫，画画捉襟见肘，给我一个百十平方米画室：哥，我敢肯定你是未来的珂勒惠支和蒋兆和，你就在这里画《流民图》吧。我本身就是一个流民，还需要画《流民图》吗？

话说我画《流民图》以前先养了三只刺猬，寄托家园乡愁。画室名为“刺猬堂”，由安先生题写。别人羡慕竟是老安所写，问：是真的吗？你认识这大作家？我说是真的，但不认识安先生，字也是花钱买的。老安是当代作家里书法写得有个性者，拙朴沉着，内含元气，聪明人让笨拙字遮掩着，是一种智慧。

经唐老板装裱后，“刺猬堂”仨字饱满淋漓，满堂生辉。以后各种谩骂和谣言遇到刺猬爆炸不攻而破，自行消解。

只是后来辜负老曹期望，让他有点泄气，我没成为蒋兆和，更别说珂勒惠支了，也挥毫了也流民了就是没画出《流民图》，只成为商都古玩市场一位三流画家，画些花开富贵、国色天香、金玉满堂、梅兰四君之类。因落款有点八卦，外人还称我文人画家。

老曹撒金如土，有一次春节前我跟他从商丘回开封，一出车站，见一个妇女背个大包，蹲在站口哭得一把鼻涕一把泪，一脸琉璃。他停下去问，得知妇女从郑州打工回来，一出站才知道一千元被人偷走了。曹天二话没说从屁股后摸出一沓钱，查了一千，说：回家走吧。

路上我说：现在骗子多得很。他说：你在车站哭一哭，我也给你查一千元。后来他说：我其实看那女人长得像我老家的姐。

三年不见。一天，曹总提两瓶茅台，脚步蹒跚地来到画室。他把酒放在桌上，说：哥，你留着喝吧，以后我再不喝酒啦。我吃一惊：曹弟这腿咋也像我得滑膜炎啦？他说：小中风，好些了，都是前段一帮龟孙设圈套把我气的。

开封的古人说：人间事自在火头上，只是未到冒火处。我说：你以后还是继续写诗保险，前天朱沙给我说了个流传全市的段子。当代诗坛上，汪国真死了，北岛老了，今后看曹天。

酒我收下，正发愁城破落魄，请客缺酒。如今在开封不喝酱香酒官员都看不起。我内心期待老曹出山担当大任，他担当了，文治武功，“刺猬堂”能继续放光芒，会弥漫酒色财气，我也有酒喝了。

壬寅炎夏，东京西边绿城天灾人祸，那河南天气热得像一大张金毛老鼠皮纷纷褪毛。这天半夜，我从手机看到百度媒体报道诗人曹天获得“俄罗斯国际原创文学奖”，中国共四人获奖，曹为其中之一。我忙发讯祝贺，称赞他为“曹普希金”。他回信俩字：屌毛。

“俄罗斯国际原创文学奖”是在前半夜揭晓的，我兴奋得睡不着，准备天一亮去东大寺买五斤沙家五香牛肉看望诗人。哪知到后半夜，峰回路转，他发布声明：拒绝领奖！速度快得像一道闪电。开封话叫“驴 × 打豁”。

我忽然怀疑曹老师要编导一出东京闹剧，接近王耀军的行为艺术。他就想为这个世界撒一把咳嗽的胡椒。

>>> 神机军师李锐峰 <<<

“当代诗歌休眠疗法”唯一创始人是李锐峰。

李锐峰最早出身工人，在开封印刷厂当排字员，自学成才。历史上排字工出身的作家诗人计有马克·吐温、李学鳌、张季鸾。李锐峰排着排着，把自己排成了诗人。诗少却精。他在当排字工时，诗歌学会的陆健、易殿选商议，编一套“中原诗人丛书”，以提携基层诗人，我也被列入名单。

“诗丛”共出两辑，每辑十本，一人一本，共涉及二十位诗人。

记得那年冬天，校对完诗集，我俩特意到焦裕禄墓前转了一圈，拜谒一次老焦。在墓前，我俩冻得像两只缩头的刺猬。心里却是热的。我和我爸都有焦裕禄情结。我1964年出生那年老焦死了。精神转世。那时焦裕禄现象远远没现在热闹，现在政坛上模仿焦裕禄的演员越来越多。

李锐峰后在少林寺主办的《禅露》杂志研究王维的禅意、电器里的禅意，开发当代新禅诗。再后来，他抓住机会远去美国并取得绿卡，成为中国当代“诗歌疗法创始人”。其宗旨是：利用人民诗歌治疗人民医院束手无策的疑难杂症。据裴苏子说，此疗法在美国唐人街华人圈里非常有名。相当于开封天波门上救死扶伤的赵氏仁医。妙手回春。

我说，你这不是弗洛伊德疗法吗？

又不一样。

可通过谈话治疗人间疾苦吗？

属于一种博大的杜甫精神。

这也是我少年时的理想。

二十年里，我久受滑膜炎之苦，走路要拄一杖，年老十岁，大家理解为我拐杖一举，画价肯定要涨，视我为装大师的一种行为艺术，提前叫我冯大师，哪知我苦心无奈。拐杖仅为对抗滑膜炎，以后辜负了许多山水。

己亥岁尾，李锐峰从美国归汴省亲，乡音未改，诗友相见，分外动人，大家感慨万千，诗人杨炳麟在信阳酒家设三十人出场的大宴。闲谈中，李锐峰关心我滑膜炎现状，望闻问切，把握之后，他说：不当事，用诗歌疗法马上治好。

诗人赴宴的速度都慢，趁宴席前等人之际，李锐峰对我运气发功，用诗歌疗法。

他问：感觉到没？我说没有。感觉到没？我说没有。感觉到没有？我说没有。这时所邀请的诗人陆续来齐，我怕耽误大家喝酒，影响情趣，我说：这次才算感觉到了。

宴毕，膝盖竟真的不疼了，如上帝刚刚用手抚摸过。想起张宇先生那部被文坛忽略的长篇名著《疼痛与抚摸》。诗神抚摸过诗句就不再疼。滑膜炎亦可照此通感。莫非上帝和诗神真的来临？

>>> 金枪手赵天波 <<<

赵天波家住杨府天波门金水河旁，父亲是全市名医"赵仙儿"，五十岁得子，为纪念儿子出生地天波门，起名赵天波。父亲想让他继承祖业，望闻问切，悬壶济世，赵天波形象思维活跃，更喜欢《诗品》而不是《本草纲目》，更喜欢杜工部而不是张仲景。他在开封诗坛属于唯一的"诗医双修"者，做过的奇事超乎俗人想象，如果我没亲自经历，也不会相信。

赵家善"㧐"密制"小泥丸"，有一秘不示人祖传药方。我之所以能有当今文采，不怕见笑，其实全靠赵家药丸。如今说出来依然觉得荒诞不经。

赵家药丸如何神奇？

譬如想写出好诗句就服赵家"诗丸"。想写出好文章就服赵家"文丸"。想画出好画就服赵家"画丸"。每丸扣子大小，一日两次，一次一丸，立竿见影。应付征文启事最见神效。若三日之内才思衰竭，可接着再服。

我想抄录具体秘方，一直未能得逞。

赵天波说，《清明上河图》里的"赵太丞家"是他祖上药店，当年祖上给王安石配过"诗丸"，给苏东坡配过"文丸"，秘传给徽宗配过"综合丸"，张择端是服了赵太丞家"画丸"，才有后来的旷世名画《清明上河图》。全卷实长两丈，所绘非虚构，一人一物，皆是写实，没有神助，不会出笼。

我写诗三十年，没有得过市内大奖，评职称分房子一直吃亏。赵天波对我说：你试试，老子又不要你钱，权当做个游戏还不行？

话都说到这份儿上，再不珍惜就有点二百五了。

服药后我便深有感觉，“诗丸”开水服后，不出一刻，双颊逐渐发热，佳句不由得频出，如“青衣之折叠忽然剪辑荷花的脸”，如“暗夜有三个月亮只有路程在沉落”。顿时若李贺才思，若李商隐才思。我五年里获过的全市政府优秀成果奖五篇诗作，全是服过赵天波“诗丸”后才诗思泉涌的结果，简直若有神助。也包括后来我那首代表作——三千行长诗《黄河志》，后来，还得过“中国当代长诗”入围奖。不过这是十年之后的事，但说明药力醇厚绵延。

我后来写创作谈都无照此写，我知道，即使白纸黑字，写出来赌咒发誓也没一个人相信上面文字是真的。

>>> 神行太保王耀军 <<<

二十世纪八九十年代那段时间里，河南人若想广告宣传，只有刷墙标语才能达到效果，也算雅俗共赏。

为了生计，我在乡下写过“要想富，少生孩子多种树”“有钱存到农行，国家银行有保障”“有钱存到信用社，自己的银行方便”之类，一条标语三块钱五块钱不等，一个人写字时想到有钱，冬天再冷手写时也不抖。

后来我在开封城郊墙上看到一奇特现象，许多墙壁上的题诗、题字都写有“诗人王耀军”的五字落款。开封、郑州、兰考、中牟、长垣等地公路两边，残垣断壁上，乡野饭店的墙上都会忽地闪动着“诗人王耀军”的影子。

那天饮酒，来了一位胡子拉碴者，提个小油漆桶，进孔家前，先蘸墨挥毫在门口写上“诗人王耀军”。形状颇有古风，我马上想起他就是诗人王耀军。

诗人王耀军近在眼前，体形消瘦，面红耳赤。他是杞县圉镇人，和诗人蔡邕、蔡文姬，小说家张晓林同乡。王耀军对我说：俺还有号，叫“乐天杞人”。老孔写诗再好，至今也没起自己的号。

以后再看到长街短道、路边院墙、农村屋山上有“诗人王耀军”五字，倍感亲切。墙上这几个字比人走得更远，“诗人王耀军”飘浮在商丘、徐州、亳州、陇海铁路沿线一带。

逐渐知道诗人传奇。他原是县里高考状元，名额被人顶替，家境贫寒，无权无势，不能伸张正义，悲愤抑郁太久而精神失常。开始左手提一个石灰桶，右手掂一个大扫帚地周游开封京郊。文思泉涌时，便爬到沿路边的村房墙壁上挥洒。一写便收不住了。若论开封诗人发表数量，王耀军发表在各地屋山、墙上作品，全市最多。

墨桅在那次《札记》研讨会上与大家闲聊起他，诗人们评价说，“王耀军的诗不是阳春白雪，但回味像二锅头。道尽人间酸苦，骂遍世上贪官。虽俗但易懂，诉尽百姓心声”。我在许昌甘罗陵墓旁一处墙壁上还看到有王耀军的一首诗：“十二拜相一奇人，名载青史几数春。千秋古柏历沧桑，神童佳话传至今。”隐隐觉得，那就是他自己影子的再现。

在《汴梁晚报》副刊上，看到裴苏子写的一期诗人采访故事，说王耀军在郑州流浪被警察收容，要遣返开封，诗人说：我就是大名鼎鼎的诗人王耀军。警察听说眼前流浪汉是诗人，不信，问：传说你的才华像曹子建，能七步作诗，也给来一首，俺才信。王耀军站定，一步未走，张口吟出：大鹏锁囚笼，有翅难飞腾。眼望幽燕地，欲游在梦中。遣送时，警察特意多送他两个馒头。警察说：我业余也爱好写诗，以后要多向王老师学习。

那天一大早，我去喝羊双肠汤的路上，在大梁门见到王耀军，他刚把一堵墙壁写完，一手提桶，毛笔淋漓。

我也推断过，一个人从学习成绩优秀的高中学生，到一个四处漂泊为家的人，被常人当作精神病人对待，两种身份转换造成强烈的反差，这背后有许多看不见的黑手参与，只有被深深地伤害抛弃，才能熬成“杞国墙上名人王耀军”。

我后来离开开封调到郑州，在郑汴大道途中还能不断看到他题写过的诗壁，留下的诗迹。再后来在房地产开发商的推土机下，那些墨迹逐渐消失在残垣断壁中。郑汴一体化后，新楼如雨后春笋，刚来郑州那一年，在建业足球兼职的张宇老师对我说：你要抓紧买房，以后郑州房价会涨到每平方米三千。可我当年钱少买不成。现在东区北龙湖最高房价竟达五六万一平方米，依然买不成。

在黄河诗会上，和老孔徒步走黄河的诗人郎毛老兄问：王耀军你还记得吧？

我说，咋不记得？我和他还在孔老师家喝过两次酒嘞。

郎毛叹口气，说：诗人死了，死在写大字的高速路上。

>>> 行者白橙 <<<

我是找裴苏子那一年的夏天，第一次见到白橙的。

白橙属羊，白羊座，那年二十七岁，刚从名校毕业分配到《东京日报》农经版。我去送一篇名为《为农民发放贷款，灌溉好春小麦》的稿子。第一眼看到她，若灵光闪现，人和心皆顿时凝住。是我第一次读到普希金《致凯恩》的感觉。

她坐在那里，穿一身洗得发白的蓝牛仔服，耳朵插个耳机，在听音乐。她眼神迷离，窗口泻来的阳光照在她瀑布般的黑发上。这情景让我心里一颤。从滑县北地到开封曹门，我没见过这样的女子。后来裴苏子对我说，那才叫“品格兼气质”。那就是“白橙气质”。

一年后，在五福路吃黄家老店灌汤包子时，我说：我们是一见如故啊。

她纠正道：不是一见如故，也不是一见钟情，是故人重逢。

白橙毕业于建筑系专业，英语很好，因春夏之交运动分配受到影响，本该留京，后来先后分到开封市工商会、银行、报社，都和她所学专业不符。她一度想离开这座废都到南方发展，那年深圳广招人才，电台一位同学要她当播音员，她竟拒绝了。以后平时一人练瑜伽，说只有沉静地练瑜伽，才会忘掉一切，会空空如也啥都不想。她有一次醉后说：是那天见到你，一瞬间我决定要在这座城市待下去。可惜，是我后来辜负了她。

俩人在一起调对了频率，彼此会有说不完的话，是抢着说话，竹筒倒豆子，双方要把一辈子的话说完。有时说着说着，双方忽然陷入长久沉默，不知今夕何夕。一次，她鬼使神差要看我身份证。她夺过来捏着，片刻不语，然后问我：你上面生日是阴历还是阳历？

我说：阴历。

她问：你怎么能这天生日？

我反问：为啥我不能这天生日？

她说：这天是我父亲的生日。

我问：你父亲呢？

她停顿一下，说是一生坎坷，遭遇“反右”，去世了。

那些年，我们坐在马道街从南到北的四百米长、五十米宽的阳光里，那是立方米的阳光。有一次，她把手中一首英文歌词原意说给我，让我转述为中文。她看后说：你不会外文，翻译得竟然也算信达雅了，就是这个意思。她还说：上学时林校长给说过一个传奇，校长祖父是林纾，像你一样不会英文，后来竟翻译过一百多种外国小说。这我知道，我枕头边就有一部林纾的《茶花女》。

后来我们就照这个邪路走下去，她接过几项业务，我俩合作翻译过蒙伯希一本诗集《蓝溪的牧神》。她英译让我转汉。她说：我不反对你当诗人，诗人名声好听却不能当饭吃，你得找个养家职业，譬如上个函授大专，先有张文凭，现在用不到以后用得着。

我见有机可乘，就说：你也翻译我的诗吧。她说，你是乡土诗不好翻译，一翻译原味都流失完了，你以后可写抒情诗。我辩解说：我学习的是苏金伞、徐玉诺的乡土，有现代意识。

我的三首诗经她翻译，被传播到美国，随后收到一笔不菲的稿酬。那年我还没有见过美元，这是我见到的最大一笔外汇，够我在开封买生活三年的大米。

她平时喜欢唱一首英文歌，我听不懂，觉得旋律委婉伤感。白橙说：是卡朋特的《昨日重现》，你听听。她把耳机塞到我耳朵里。我从小听惯了豫剧《卷席筒》，知道的是买飞机的常香玉、“卖红薯”的牛得草、《打金枝》的马金凤，哪知道“昨日”的卡朋特？

为了便于联系，她出资给我配个传呼机，那是当时最时尚的通信工具。全市大小角落61个电话亭，几乎让我俩一一打遍。常常期待腰间BB呼叫，她属羊，我像被一条无形的链子拴着的牧羊犬。

开心的车马有时会骤然拐弯，消失在悬崖深谷。人生往往像野兔一样扑腾不定。

白橙说：我俩其实相识于误会，归于了解后才深情。只是不知最后如何结局。可能要败于现实。看上帝安排吧，听天由命。说得我猫爪抓鼠，忽然心痛。

有一天，白橙忽然不辞而别，竟去了日本。给我留下一纸，上面只有两行字：“谢谢你陪我走过一段时光，在我最慌乱时刻。”字是瘦金体，她曾跟书法家萧诗寒学过写字。走前托裴苏子转我一个大信封。打开，是一部《“东京”生活手册》初稿。

她走了，把我的魂从一个旧东京带到另一个新东京。让人无端黯然伤神。汴梁往事是我记忆里最深、生命里最开心的一段。自姥姥去世后，我没对旁人放声笑过，和白橙在一起，笑声都显得明白透亮。

我一直觉得白橙是位带着神秘密码的女人。记得童年时，我姥姥在东庄庙会上说过，世上俩人再好，都有定数，吃饭有定数，说话有定数，米吃完了，话说完了，人也就该散了。我后悔和白橙在一起为啥不把话留着，慢慢来说？都要抢着说，我俩每年说的话加起来有两吨。

我只能违心地说，听天由命，聚散皆缘。

这也是我后来戒烟的原因。我五十一岁前烟瘾很大，学习鲁迅写作习惯，一天抽三四盒，纸烟和烟斗并用，一人时抽纸烟，活动时抽烟斗。为纪念白橙，我从此戒烟。主要想躲掉第一次弥漫心里的那种气息，每次抽烟，烟圈如陷阱，如绳索，如手铐，我会不由想到她抽烟时那副优雅样子。

想起来第一次见她，她就歪着头对我说：你不要以为抽烟的都是坏女人。

>>> 小旋风朱沙 <<<

东京文坛一定要留一个座次给朱沙。

朱沙是我在开封诗坛交往过的传奇诗人。

他住在学后街小耳朵眼胡同。那年夏天，我和白橙结伴拜访他，朱诗人在院子里正训两个学员：一只鸡，一只鹅。

鸡是斗鸡，显得高头大马，开封人把斗鸡叫“打鸡”。打鸡听话也会表演，那只打鸡一直站在他肩上。朱说让鸡上去，鸡就上去，喊一声下来鸡就下来。让鹅上去，鹅就上去，这配合难度颇高。朱沙送我们走时，胡同暮色里，那鸡和鹅也跟着他一路行走，人和鸡和鹅都显得器宇轩昂，像古画里走下来的故事。

后来我参加诗会，朱沙也参加，他要么带一只鸡，要么带一只鹅，它们一一懂话似的跟在他后面，轮到他发言时，良禽便窝在他椅子下面听。

那一次最为可笑，有诗人和朱沙争论口语诗时，一只鸡从下面跳到桌上，向对方昂首打鸣。朱沙说，这样诗会就算圆满成功了。

主持人是裴苏子，他说：下次老朱再带鸡参加诗会，我管不住鸡，我就不再当主持啦。

朱沙是开封写口语诗最早最好的诗人。我恭维他是中原第一口语诗人时，他说：你们河北浚县唐代的王梵志写的口语诗更早，也更好。中国诗坛口语诗谁也早不过王梵志。

我和他上过一次北京，参加《诗刊》社“保险杯”颁奖典礼，我俩都得了优秀奖。回来时不好买火车票，车站人山人海，眼看买不到车票。他凭着一张记者证，加塞到“记者窗口”队伍前面，后面一队人起哄赶人，他马上亮出记者证。后面有人吆喝，说：我们大家都有这证。他不慌不忙，又从上衣袋里拿出一张小卡片，晃一下，严肃地问：这个你们有吗？大家看不清何物，却都不再吭声。

我在车上问他：朱老师你最后拿的是一张啥特通？

他说，那是报社食堂的饭票。

我俩都笑了。以后我买不到车票，白橙买不到车票，我南来北往的外地诗友在开封订票，都会说：找老朱，他有饭票。这一时传为诗坛逸事。

多年后，我离开开封，定居郑州，依然胸怀九州，想逐鹿中原。一天，朱沙给我寄来一本他新出的口语诗集。我压在枕头下，每晚睡不着想出世时就读上一首，读得梦里发笑。我认为，这才是20世纪中国诗坛最好的口语诗，口到极致，比韩东、于坚、吴元成、李亚伟、伊沙、冯杰所谓口语诗都好。以至这书畅销到有很多盗版，盗版养活很多卖书的落魄文人。我调查过，相国寺门口三家旧书摊上都卖这本诗集，日销三百，可见今日开封依然保有古代东京“词城”遗风，是一座“诗城”。

想要这本诗集，外地人不必来开封，可从各大网上购买，算是插一个变相广告，一来证明他诗好，二来纪念我们二十年的交情。

>>> 一枝花裴苏子 <<<

平常日子一页一页掀着，不经意之间就会有一点“突然”，如天上掉下一颗贼星，溅满了唾沫。

一天早上，突然听到一阵“咣咣当当”的急促声响，有人把我在学后街租赁处的破门撞开。日他娘，是谁这么不着调！我还没睡醒。

世上规律，凡是大清早上急急叫门，多无好事，不是亲戚生老病死的消息，就是同事犯事急事要借钱，或者失节失盗。

这次，以上诸类都不是。

报社通讯员齐小飞闯来，我眵目糊都没顾上擦，看他脸色苍白，然后结结巴巴地说：不好啦，你快去看看吧，裴苏子割腕了！是为你割腕，血都流了一地，我给他先送到市医院了。

我一脸蒙。觉得实在荒唐，肯定又是这伙人摆置的一个玩笑。这位大河对岸，也是河北封丘来的小伙子有点二百五。我说：齐小飞你他妈的肯定闯错门啦，裴苏子割腕关我屌事！

那一年见到白橙以后，我就谁也不喜欢了。

若要说裴苏子欠款还不上债割腕求解脱还算有点靠谱。我知道他有一个爱好，就是赌瘾大，第一次见他时，那玩法真是吓人。

至今，我还以为那是一个玩笑。

开封的鹌鹑

日子过得荒诞恍惚。为情所惑，要告别开封。

世上绝品都是残缺的，如维纳斯的断臂，如二大爷一生的无须，如《清明上河图》上看不到电线杆子和高压线，如李东阳手下不再存在的那五尺。

李东阳晚上灯下看到的画卷才是最完美的长度。

我来自河北乡下，开封是我生活的第一个古城，爱恨情仇，留下气息。那些年我住在开封学后街，周吴郑王冯陈褚卫，几家邻居共用一面墙。买米做饭，日子干熬清苦，但墙里墙外都笑，砖缝镶嵌有快乐。在乡下时，我跟姑姥爷学过把玩鹌鹑，在开封时，我便怀揣一只鹌鹑，和《东京诗人梦华录》中的他们饮酒作诗，成为推杯换盏的诗友。诸位一个个妙笔生花，文思曼妙。我觉得他们都是竹林七贤里偷走出的人。

神仙妖怪打架的日子消失了，想想，三十年弹指之间，恍如一段雾里锦梦，像种了一亩叶发叶落的芋头。

学术方面，也有建树。中间我先后加入“宋学学会”“清学学会”。最后收官之年也大有斩获，我除了和大家玩鹌鹑外，又加入“开封斗鸡协会”，先任理事，后被汪会长提拔为常务理事，最后还要我当副会长。我觉得玩鹌鹑和斗鸡不是一个玩法，我说我有鹌鹑气节，谢绝了。

我决定筹划成立孙美茹说的那个“荆芥协会”，荆芥气味异样，独立性强些。一个文人要有“荆芥精神”。

世界观尿不到一个壶，各捏各的，谁玩谁的吧。反正是从古到今，开封街道条条相通，个别胡同是死的，但是开封是活的。

2022.5.20

结束

跋

蹄声远去

最早的小驴子说：我蹄子上寒霜早已晾干，先讲到这里吧。

最早的小驴子继续说：东京的张画家和开封的冯作家如果需要，我们可以四蹄重新抬蹄，从城里再次返回城外，从河南到河北，重新启程出发，让那一场交叠的故事重新开始。命运就是轮回。

老驴子说：尽管你俩站法不一样，一个站在画卷里，一个站在画卷外，互说一些半夜不着调的梦话，说些不疼不痒的涮话，但实际是想说给另一个人听。

老庞说：打住吧！在中国文化界，线条和句子一样，都属于神经病患者玩的，千万别扯，头绪会越扯越乱。

2020.8.3　客郑

代跋

如何让苏东坡写序

两年后，东京开封府一众警官要我配合“苏东坡写序案”调查结案一事。

他们说：都盯着你好几年啦，你做的一切以为神鬼不知？我们就单等闲了腾出手来收网呢。

立案时，他们问：都不一个朝代，苏东坡咋能给你写序？这不是胡扯吗？想故意把事情搅乱？

我说：都是作者在虚构啊。

还要继续搅乱吗？

我如实交代：有些名人不像你们想的那般复杂，相识过程简单得很。我说：那天我用毛笔抄上本书手稿，附上“宛丘粥”两碗（实际是“国际天财文化创意公司”开发的袋装淮阳胡辣汤），附函一封，附两万支票一张。然后，前半夜饮酒，作以神通。到了后半夜，苏东坡回函。

其函云：

> 序成。钱退回。呵呵，听说你正为房贷首付发愁。轼上。

2022 年 6 月收麦前